# もののけ本所深川事件帖
# オサキ婚活する

高橋由太



宝島社

# もくじ

## 周吉（しゅうきち）

オサキモチ。
本所深川の献残屋・鵙屋《もずや》の手代。
不思議な能力を持つ。
通称〝野暮な手代さん〟。

## お琴（おこと）

鵙屋の一人娘。
目鼻立ちのはっきりした、
本所深川小町。

## 柳生蜘蛛ノ介（やぎゅうくものすけ）

老剣士。柳生新陰流の達人。

## 佐平次（さへいじ）

香具師（テキ屋）の元締め。

## 安左衛門（やすざえもん）

鵙屋の主人。

## しげ女（しげじょ）

鵙屋のおかみ。安左衛門の妻。

## 侘助（わびすけ）

本所深川を縄張りにする岡っ引き。

## オサキ

周吉に憑いている妖狐。
升屋の油揚げが好物。

# もののけ本所深川事件帖　オサキ婚活する

# 序　瓦版売り

江戸では、女は十六までに嫁に行くものだと決まり事のように言われているが、人にはそれぞれ事情がある。生まれつきの器量も違えば、裕福だの貧しいだのと家の事情もあるのだから、誰もがぴしゃりと十六で結婚できるわけではない。

それでも、皆が嫁に行く年齢に結婚できないと肩身の狭いもので、嫁ぎ遅れになると、娘本人だけでなく親までが小さくなった。

口が減らぬのが江戸っ子の常で、よせばいいのに嫁ぎ遅れの女をからかったりするのだから、ますます肩身が狭くなる。

ただでさえ肩身の狭い娘やその親を、さらに傷つける事件が、ちょいと前から起こっていた。本所深川《ほんじょふかがわ》を中心に、婚期を逃した女たちが姿を消していて、しかも、それは失踪ではなく、さらわれたというのだ。

「嫁ぎ遅れの女たちが消えていく。女さらいが暗躍している」

と、瓦版売り連中が、こぞって瓦版に書き立てるものだから、上を下への大騒ぎとなった。

悪いときには悪いことが重なるもので、〝女さらい〟と時期を同じくして、疱瘡《ほうそう》までが大流行していた。

疱瘡にかかると高熱を発し、豆粒大の出来物が顔中にでき、死に至ることも多い。運よく病《やまい》が治っても、痘痕《あばた》が残り器量を損なうことも珍しくないため、疱瘡は〝器量定め〟と呼ばれ、女はこの病にかかることを嫌った。

人は見かけではないというが、疱瘡で器量を損なって婚期を逃す女も多く、それを目《ま》の当たりにして、

「勘弁しておくれよ」

と、病にかからぬように神頼みするものも少なくなかった。

神社に護符と疱瘡除《よ》け、その他にも、数え切れぬほどまじないの類はあったが、本所深川の娘たちが頼ったのは、《疱瘡地蔵》と呼ばれる、子供の膝丈くらいの小さな地蔵であった。

江戸が塵芥《ごみあくた》と化した明暦《めいれき》の大火の後、開けたばかりで土地の余っていた本所深川に色々なものが移転されたが、この疱瘡地蔵もそのひとつだった。

どこまで本当のことか分からぬが、年寄りたちの流言を信じるなら、疱瘡地蔵は二代将軍徳川秀忠《とくがわひでただ》の正室である江《ごう》姫由来のものであるらしい。

戦国屈指の美人姉妹のひとりで、しかも徳川家という良縁中の良縁に恵まれた江姫由来の地蔵と聞いて、疱瘡除けというだけでなく縁結びの願掛けよろしく、

「うちの娘もあやかれますように。よいご縁が見つかりますように」

と、日参りするものも多かった。

しかし、今回の疱瘡の大流行から、疱瘡地蔵に嫌な評判が立っていた。

「疱瘡地蔵に〝疱瘡婆《ばばぁ》〟が棲《す》んでいる」

疫病は鬼神が広めるものとされ、中でも、疱瘡は疱瘡婆と呼ばれる鬼婆がもたらすものと考えるものも多かった。

「疱瘡婆という化けものがおり、死人を食べるために、疱瘡を流行させて人々を病死させている」

と、大昔から噂《うわさ》されていた。

それにしても、今回ばかりは性質《たち》が悪すぎる。

いつもなら瓦版なんぞふんと鼻であしらう本所深川の岡っ引きでさえ、瓦版売りを見かけるたびに、

「いい加減にしておきなよ」

と、苦い顔で叱りつけていた。

何しろ、瓦版売りの連中ときたら、それだけでは飽き足らず、婚期を逃した女たちが消えている事件と疱瘡婆を結びつけ、

「疱瘡婆が嫁ぎ遅れの女をさらってる」

と、戯作者《げさくしゃ》気どりで作り話をでっち上げ、噂をばら撒《ま》いている始末だった。

この騒ぎは、奉行の耳にも入っており、顔をしかめているらしいが、連中は瓦版にすることをやめるどころか、疱瘡婆が娘を襲っている絵まで載せ、江戸中の不安を煽《あお》っていた。

しかも、疱瘡地蔵の周囲で怪しげな老婆を見たという連中がちらほらと現れはじめ、本所深川は大騒ぎとなった。

# 一　蜘蛛ノ介の地蔵参り

## 一

本所深川朱引《しゅび》き通りに鵙屋《もずや》はあった。

もともと古道具屋だったが、貧乏武士が暖簾《のれん》をくぐりやすくするために、ほんの二十年ほど前に献残《けんざん》屋の看板を掲げたのだ。

平和な世になって、武士も腑《ふ》抜けてしまったが、元を辿《たど》れば因果な商売。戦国までは人の首を斬ることも日常茶飯事で、恨みつらみだって山ほど買っている。

鵙屋には、そんな侍連中の先祖代々の品が持ち込まれることもある。

刀が宙を飛んだり、市松《いちまつ》人形が歩いてみたりと不思議なことが、しばしば起こる。

だから、鵙屋には厄介な品を集めておく部屋があり、その部屋のことを鵙屋の主人をはじめ家族や奉公人たちは「もののけ部屋」と、呼んでいる。

そのもののけ部屋の中で、周吉《しゅうきち》は困り果てていた。

目の前には、小袖やら振袖やらの種々様々な着物が十枚二十枚と広げてある。

「どんな着物があるのか、帳面につけといておくれよ」

と、主人の安左衛門《やすざえもん》に言いつかったが、貧しい山村で生まれ育った周吉は着物に疎い。どれもこれも同じような着物に見える。

安左衛門にしてみれば、野暮な周吉に勉強させるつもりで言いつけたのだろうが、ちょいとばかり荷が重かった。さっきから、一文字も帳面に書いておらず、広げられた着物は畳まれる気配もない。

どうしたものかと途方に暮れていると、番頭の弥五郎《やごろう》が顔を出して言った。

「周吉つぁん、そろそろ見廻《みまわ》りに行く時分だぜ」

疱瘡婆の噂が出回って以来、本所深川の町人たちは見廻りに精を出していた。

見廻りなんぞしても、相手が病や妖《あやかし》ではどうにもならぬように思えたが、それくらいのことは町人だって分かっている。

「男衆が見廻って、女が安心するんなら、無駄足のひとつやふたつ、いいじゃねえか」

という本所深川の元締めである佐平次《さへいじ》の一声に、誰もがうなずき、見廻りをはじめたのである。

そんなわけで周吉が、夕暮れ時の薄暗い小路《こみち》をひとり歩いていると、

――面倒くさいねえ。

という声が聞こえてきた。

声はさらに、

――周吉、早くお店《たな》に帰ろうよ。おいら、くたびれちまったねえ。ケケケッ。

と、話しかけてくる。

「おまえは何もしてないじゃないか」

周吉は言い返してやった。すると、懐から、白狐《びゃっこ》が、

ちょこん――

――と、顔を出した。

いや、白狐のように見えるが、人語を操る狐なんぞいるわけがない。化けものの類

である。

——何もしていないだなんて、ひどいことを言うねえ。

白狐——オサキは膨《ふく》れっ面になり、周吉に文句を言っている。

よく人に憑《つ》くといわれている動物にオサキと呼ばれるものがある。

「どんな動物なのか」とこれを見たものに聞いてみると、こう答える。

「鼠《ねずみ》よりは少し大きく、茶、茶褐色、黒、白、ブチなどいろいろな毛並みをしており、耳が人間の耳に似ていて、四角い口をしている」

鼠に似ている動物で、尾が裂けているからオサキなのだそうだ。

しかし、周吉の懐で面倒くさそうに顔を出しているそれは、白狐にしか見えない。少なくとも鼠には見えない。耳にしても人間の耳には似ていないし四角い口もしていない。そのかわり、雪のような白銀色の毛並みをしている。

たしかに尾は裂けているが、その他は狐そっくりな姿をしている。もちろん、ただの狐ではない。魔物である。たいていの人間は、オサキの姿を見ることもできなければ、その声を聞くこともできない。

そして、懐にオサキを飼っている周吉のような人間のことをオサキモチと呼ぶ。

オサキモチというやつは魔物であるオサキを自由自在に使役できるらしいが、周吉

ときたら、

——せっかく一緒に来てやったのに、ひどい周吉だねえ。

「ごめんよ、オサキ。悪かったってば」

と、尻に敷かれている。

むくれているオサキのことは措《お》くとして、疱瘡婆の一件は周吉も気にしていた。

五年前、オサキと一緒に生まれ育った三瀬《みせ》村を出てから江戸にやって来るまで疱瘡という名すら知らなかったが、この町では、疱瘡は女たちに蛇蝎《だかつ》のように嫌われ、恐れられていた。

鵙屋にだって、お琴《こと》という娘がいる。しかも、

——お琴は嫁ぎ遅れだもんねえ。

オサキは口が悪いが、その通りだった。

近所の商家を見渡しても、二十ちょいと前のお琴と同い年の娘は、あらかた片づき、中には三人も四人も子供を産んでいるものも珍しくない。

——お琴も疱瘡婆にさらわれちまうねえ、ケケケッ。

魔物だけあって、人でなしにできている。

周吉にしてみれば、笑いごとではない。何しろ、お琴も鵙屋の主人の安左衛門も周

吉を婿にしようと心に決めているらしいのだ。すると、お琴が嫁ぎ遅れになったのは周吉のせいということになる。

——若旦那だねえ、おいら、羨ましいや。ケケケッ。

根性の悪いオサキに何か言い返してやろうと、周吉が口を開きかけたとき、その日の端で、着物が、

ひらり——

——と、舞った。

いつの間にやら、周吉とオサキは疱瘡地蔵のすぐ近くまで来ていた。

ちなみに、疱瘡地蔵は本所深川というより亀戸《かめいど》村の近くに置かれている。田畑や空き地が並び、人よりも蛙《かえる》の数が多い。

蝶《ちょう》のように、疱瘡地蔵の上空で、薄紅に花菱《はなびし》模様の小袖が舞っている。

——変なのがいるねえ。

自分のことを棚に上げて、オサキがつぶやいた。

小袖の方も、周吉とオサキに気づいたのか、瞬《また》く間に上空に飛び上がると、すうと

姿を晦《くら》ました。

「あれは何だったんだろうねえ……」

少なくとも、もののけ部屋の小袖ではない。

――おいら、知らないよ。

と、首をひねっていると、渋い声が背中から聞こえた。

「手代さん、見廻りかい」

振り返ると、そこには〝お江戸随一の剣術使い〟と呼ばれている柳生蜘蛛ノ介《やぎゅうくものすけ》が立っていた。

その姿を見て、オサキが目玉を風車のようにぐるぐる回した。

――また、変なのが来たねえ。

（変なのじゃなくて、蜘蛛ノ介さんだろ、オサキ）

何をして生計を立てているのか知らないが、年がら年中、蜘蛛ノ介は本所深川をうろついており、周吉とも顔馴染《かおなじ》みであった。

「周吉、美味《おい》しい団子を適当に見繕ってきてくれないかい」

と、鵙屋のおかみであるしげ女《じょ》に頼まれて、団子を買いに行くと、ちょくちょく出先の団子屋で蜘蛛ノ介に出会う。何を買ったらいいのか周吉が悩んでいると、

「花見の季節には、満月堂《まんげつどう》の桜餅がよかろう」

と、的確な助言をくれることもあった。

――お江戸の剣術使いは、本当に美味しい団子を知ってるねえ。

オサキも蜘蛛ノ介のことを嫌いではないらしい。

蜘蛛ノ介は柳生新陰《しんかげ》流の達人であった。周吉が知っているだけでも、十人二十人の破落戸《ごろつき》が蜘蛛ノ介に斬られている。

蜘蛛ノ介と会ったからといって、驚く必要はないし、いつもなら気にもしないだろう。

しかし、今日の蜘蛛ノ介はいつものくたびれた着流し姿ではなかった。総髪ながら、きちんと撫《な》でつけ、どこから持ち出したのか袴《はかま》まで身につけている。浪人ではなく、どこぞに仕官しているようであった。

手足が蜘蛛のように長く、六尺の背丈の蜘蛛ノ介に袴はよく似合っている。――これだけなら、オサキも目を丸くしないだろう。

見慣れぬものを蜘蛛ノ介は両手に持っていたのだ。

「蜘蛛ノ介さん、それはいったい……」

周吉は聞いてみた。

「うむ」

蜘蛛ノ介は両手を上げてみせる。

右手に七分ほど咲いている桜の枝を持ち、左手には水桶《おけ》を持っていた。剣術の修行には見えない。

「江姫様の地蔵の手入れをしようかと思ってな」

蜘蛛ノ介は独り言のようにつぶやくと、それ以上、周吉とオサキを構うことなく、疱瘡地蔵を手拭いで拭きはじめた。ずいぶんと、手慣れた手つきをしている。が、

――お江戸の剣術使いが、なんで掃除をしているのかねえ。

オサキにも周吉にも分からない。

縁起を担ぐにしても、地蔵なんぞ本所深川中にいくらでも転がっている。

年ごろの娘を持つ親が、疱瘡除けに疱瘡地蔵の掃除をするなら分からぬ話でもないが、蜘蛛ノ介に子供がいるなどとは聞いたことがない。

――お江戸の剣術使いも、疱瘡がおっかないのかねえ。

疱瘡は、器量を損なうだけではなく、命までも奪っていく病である。男が恐れてもおかしくはない。

が、流行病に怯《おび》えるような蜘蛛ノ介とは思えない。それでも、念のため蜘蛛ノ介に

聞いてみた。

「疱瘡除けのまじないですか、蜘蛛ノ介さん」

「疱瘡は若いころにやっておる」

蜘蛛ノ介は言う。

聞くところによれば、疱瘡は一度かかると二度とかからぬ病気《もの》らしい。

周吉が怪訝《けげん》な顔をしていると、蜘蛛ノ介が教えてくれた。

「昔の主《あるじ》のご先祖様が祀《まつ》られた地蔵ゆえ、掃除くらいはせぬとな」

「昔の主ですか……」

蜘蛛ノ介が、かつて剣術指南役として仕官していたという話は聞いたことがあった。もう少し詳しい事情を聞きたかったが、すでに蜘蛛ノ介は掃除をはじめてしまった。

せっせと掃除をしている蜘蛛ノ介を前に、ただ立っているのも居心地が悪い。

せめて、ごみくらいは拾おうと、屈み込んだ。

懐からオサキがちょこんと顔をだし、地べたを見て言う。

――お江戸の剣術使いは、いい加減だねえ。

疱瘡地蔵の周囲は、雑草一本、ごみひとつないほど掃除されているが、そこから二、三歩、足をのばしたところは手入れされていなかった。

向こう三軒両隣を掃除する癖がついている周吉は、疱瘡地蔵から、ちょいと離れたところにあるごみが気になって仕方がない。

周吉はごみを拾いはじめた。すると、

――あそこに、おかしな紙片《かみきれ》が落ちているねえ。

オサキは懐から飛び出すと、とことこと草むらへと歩いて行った。

それから、すぐに騒ぎ出す。

――周吉、お札だよ。お札が捨ててあるねえ。

行ってみると、やけに古びた札が、落ちている。

（これは何なのかねえ……）

――おいら、知らないよ。ケケケッ。

そんなことをやっていると、やがて、蜘蛛ノ介は疱瘡地蔵の掃除を終え、桜の枝を供えると、さっさと帰ってしまった。

疱瘡婆だけでも面妖なのに、さっきの小袖といい、蜘蛛ノ介といい、疱瘡地蔵には何やら訳がありそうである。

幽霊や化けものが噂になるのは、少しも珍しいことではない。江戸には幽霊化けもの話ばかり載せる瓦版がいくつもあるくらいだ。

たいていは眉唾もののでっち上げのデマ話で、人の噂も七十五日――。日が経てば忘れられてしまうものばかりだった。

それなのに、今回の疱瘡婆の一件は、

「また女がさらわれたみてえだな」

「さっさと嫁にやらねえと、危なくて仕方ねえや」

「疱瘡といい、女さらいといい、このところの本所深川ときたら、どうなっちまってんだ」

と、衰える様子がない。

本所深川の町人たちは寄ると触ると、疱瘡婆の噂話をしていた。

二

武家と職人、そして出稼ぎ人の町である江戸は、女の四倍も五倍もの男が住んでいる。女というだけで持て囃《はや》され、たいていの女房連中は亭主を尻に敷いている。言ってみれば、女の強い町だった。

長屋暮らしの男連中にしてみれば、嫁をもらうこと自体が高嶺《たかね》の花。――普通に考えれば、結婚できない女などいないはずだった。

しかし、結婚は家同士の話で、本人同士の好いたほれただけではどうにもならぬものである。

どんなに器量がよく気働きのいい娘でも、酒飲み博奕《ばくち》打ちの親兄弟がいては嫁のもらい手がない。ましてや、家に借金なんぞあろうものなら、蜘蛛の子を散らすように男どもは逃げて行く。

毎日のように鵙屋へ顔を出すお八重《やえ》も、そんな嫁ぎ遅れのひとりだった。飛び抜けて美しいと言えないまでも、十人並みの器量を持ち、気のいい女であったが、お八重の父親が博奕に狂ってしまい、食うや食わずの生活をしているうちに、二十五の大年増《おおどしま》になってしまったという。

「嫌になっちゃうわね」

と、苦笑いしながら鵙屋へ通って来る。

なけなしの家財道具を鵙屋に持ち込んでは、米を買うための銭を受け取って行くのだった。

本来であれば、鵙屋は武具を扱う献残屋であったし、百歩譲って古道具として利用するにしても、お八重の持ち込む継《つ》ぎ接《は》ぎだらけの着物や傷だらけの薬缶《やかん》など断るのが当たり前だった。江戸中さがしても、こんながらくたを引き取る商人はいないだろう。

しかし、周吉は薬缶を真顔で鑑定すると、

「少ないですが」

と、いくらかの小銭を握らせた。もちろん、このことは安左衛門も承知している。

——もったいないねえ。

オサキが、わざとらしく、ため息をついた。

——こんな薬缶なんて、あっても仕方ないよ。

いくら、山奥の農村生まれで世間に疎い周吉だって、損得の勘定くらいはできる。物好きな本所深川の連中だって、水の漏れそうな薬缶を買うわけはない。

——売れもしないものを買うなんて、周吉は馬鹿《ばか》だねえ。ケケケッ。

周吉もそう思わぬでもないが、大昔から鵙屋は地元の貧乏人連中に融通してやる店だった。

「お武家やお大尽相手に儲《もう》ければいいんだよ」

と、安左衛門は言っている。

お人好《よ》しと言えばそれまでだが、そこにはちゃんと、「損して得を取れ」という商人《あきんど》らしい算盤《そろばん》勘定もあった。

どんなに儲かっていようとも、土地のものに嫌われる店は、悪い噂を流され、ときとして町内の仲間外れにされてしまい長続きはしない。

明るく闊達《かったつ》な女で、貧乏さえも笑い飛ばしてしまうお八重は鵙屋の連中にも好かれていた。

とりわけ、お琴とは気が合うのか、お八重が鵙屋に来ていることを知ると、お琴は店先へ顔を見せるのだった。

女が三人寄れば〝姦《かしま》しい〟という文字になるけれど、ふたりだけでも相当に騒々しい。

「お琴ちゃん、まだ疱瘡をやってないの」

「ええ」

お琴はうなずく。身体《からだ》が丈夫にできているらしく、疱瘡どころか風邪ひとつひいたことがない。

「お八重さんもやってないんでしょ」

と、お琴は聞き返した。

お八重が疱瘡除けの疱瘡地蔵へ通っていることは、今まで何度も聞いている。

「やってないのよ。本当、おっかないわ」

冗談めかしているが、お八重の目は笑っていない。

「ちゃんとしていれば、疱瘡になんかかからないわよ」

お琴は分かったような分からないようなことを言う。

「ちゃんとねえ……」

お八重は首をかしげた。世間知らずのお琴について行けないのかもしれない。

それ以上、お琴には何も言わず、今度は周吉に問いかけた。

「周吉さんも、まだ疱瘡をやってないのよね?」

「ええ。田舎《いなか》にはない病気だと思います」

と周吉は言った。少なくとも三瀬村にいるときに〝疱瘡〟という言葉を聞いたおぼえはなかった。

「疱瘡って、江戸の病なのかしらねえ……」

お八重は考え込む。それから、周吉を見て、

「江戸を離れれば、かからなくてすむのかしら?」

そんなことを聞いた。

医者でもない周吉に分かるわけはない。だから、

「田舎には田舎の病がありますから」

と、言葉を濁した。実際、三瀬村でも様々な病が流行り、数え切れぬほどの人が死んでいた。

病気に怯える人間たちを見て、

――どこに行っても、剣呑《けんのん》だねえ。おいら、おっかないや。ケケケッ。

と、オサキが笑った。

三

お八重が姿を消したのは、その数日後のことだった。

「疱瘡地蔵にお参りしてくるわ」

そんな言葉を最後に、何日も家に帰って来ておらず、町場では、「嫁ぎ遅れのお八重が疱瘡婆にさらわれた」と噂になっているらしい。

この一件を教えてくれたのは、岡っ引きの侘助《わびすけ》だった。去年の冬に跡を継いだばかりの新米岡っ引きであったが、名の通り腰の低い男で本所深川の庶民にも好かれていた。噂を聞くかぎりでは捕り物の腕も悪くないという。

佗助は言う。

「お八重の父親《ておや》が大騒ぎしてますぜ」

自分の娘がいなくなれば、大騒ぎするのは当然であろうに、なぜか、佗助は顔をしかめている。

「そりゃあ、大騒ぎするでしょう。自分の娘がいなくなったんですから」

周吉は言ってやった。

「心配して騒いでいるなら、いいんですがね」

佗助は苦虫を嚙《か》み潰す。

「お八重の父親は、八十吉《やそきち》っていう半端な博奕打ちでして、ろくでもねえ借金を持ってやがるんですよ、手代さん」

野暮な周吉には縁のない話だが、本所深川には博奕で身を持ち崩す男どもが多かった。八十吉が博奕狂いで、まともに働かないことは周吉も知っていた。

しかし、自分の娘がいなくなったのだから、いくら博奕狂いでも心配するのが当たり前ではないか――。周吉はそう思った。が、

「手代さんは、何も分かっちゃいねえな」

佗助は、ため息をつく。

——周吉は駄目だねえ。

自分だって何も分かってないくせに、オサキが佗助のため息を真似てみせた。

「何が分かっていないんですかい」

ほんの少し言葉が尖《とが》った。

いえねえ、と佗助は前置きすると、こんなことを言った。

「八十吉の野郎、お八重のことを売っちまうつもりでいやがったんですよ」

「売っちまうって……」

分かっているくせに、周吉は聞き返した。

「どこぞの岡場所で女郎奉公させるつもりなんでしょ」

と、佗助は吐き捨てた。

借金の形《かた》に娘を売る親なんぞ珍しいものではない。貧しい農村であった三瀬村にも売られて行く娘は何人もいた。

——いなくなったら、売れなくなっちまうねえ。ケケケッ。

「見つけたら見つけたで、女郎宿行きですぜ」

佗助が鼻を鳴らす。情に厚い佗助としては、八十吉のやろうとしていることが気に入らぬのだろう。

しかし、お八重さがしも、ちゃんとするつもりでいるらしい。

「これから、お八重をさがしに行くんだが、ちょいと手が足りねえ」

言いにくそうに侘助は言った。袖の下を取らないため、いつも金のない侘助は手下を持っていない。

侘助は人手を集めて回っているらしい。

が、手代である周吉の一存でどうにかなるものではない。どう返答したものかと考えていると、がらりと戸が開き、主人の安左衛門が入って来た。

鵙屋は、それほど広い屋敷ではない上に侘助の声は大きい。安左衛門の部屋にまで声が聞こえたのだろう。

「周吉、店はいいから、お八重さんをさがしに行っておやり」

安左衛門の言葉に周吉はうなずいた。

――また、面倒くさいことになったねえ。

と、懐のオサキが文句を言った。

# 四

お八重をさがすといっても心あたりがあるわけではない。侘助にしても、同じことらしく、ふたりは噂を頼りに疱瘡地蔵の方へ向かっていた。

「本当に疱瘡婆のしわざなんですかねえ……」

思わず周吉はつぶやいた。

懐にオサキという魔物がいるし、本所深川で何度も妖怪騒動に巻き込まれていたが、疱瘡婆なんて化けものを見たおぼえはなかった。

周吉の目には変哲のない普通の小さな地蔵に見える。

疱瘡婆のような恐ろしい鬼婆が棲んでいるようには見えない。

「疱瘡婆ねえ」

侘助も考え込む。無下に否定はしないものの、妖怪の人さらいを信じ切っていない風情だった。事件のたびに妖怪やもののけのせいにしていては、岡っ引きはつとまらない。

「性悪《しょうわる》連中は、いくらでもいやすからねえ」

佗助は岡っ引きらしいことを言う。

ろくでもないのは町人ばかりではない。土地柄、武家の下屋敷も多く、町人たちに迷惑をかける無頼気取りの下級武士も多かった。

佗助は言う。

「江姫様のせいにするより、連中が悪さをしているって方が、あっしには、しっくり来るんですがね」

再び、江姫という言葉が出て来た。周吉以外の誰も彼もが、江姫とやらを知っているように思えてくる。

「その江姫様っていうのは、どなたなんですか」

おそるおそる周吉は聞いてみた。

「手代さん、知らねえんですかい」

「へえ」

周吉が首を竦《すく》めると、佗助は、

「崇源院《すうげんいん》様ですよ」

と、教えてくれた。

崇源院と言えば、二代将軍秀忠の正室であり、三代将軍家光《いえみつ》の生母である。このあたりの連中は、崇源院を〝江姫〟と呼んでいるらしい。

「罰当たりな話で、瓦版売りどもときたら、疱瘡婆の正体を江姫様だって言いやがるんですぜ」

佗助は言うが、まだ腑に落ちない。

「二代将軍様のご正室が疱瘡婆ですか」

庶民というやつは、お上を嫌うようにできているのか、侍連中を〝二本差し〟だの〝サンピン〟だのと日ごろから馬鹿にしている。ご政道や幕府のお偉方を小馬鹿にしたような瓦版も、大っぴらにではないが庶民が目にすることも珍しくなかった。

しかし、二百年近く昔の将軍のご正室と安永《あんえい》の今の疱瘡騒動を結びつけるのは無理がある。

周吉が怪訝な顔をしていると、佗助が、それに気づき、

「手代さんは疱瘡地蔵の由来を知らねえのですかい」

と、聞いた。

「へえ」

再び、周吉はうなずいた。

――何も知らない周吉だねえ、ケケケッ。

オサキは笑うが、本所深川には寺やら地蔵やらが多すぎる。大昔から本所深川に住んでいる老人だって知らないものだっているだろう。

しかも、鵙屋には地元の連中も出入りするが、主な商売相手は武家であった。武家連中が商人相手に、かつてとはいえ、将軍の正室の噂話をするわけがない。おのずと鵙屋の連中は噂話に疎くなる。

「もともと疱瘡地蔵ってやつは、江戸城の近くにあったんです」

と、佗助が言いかけたとき、馬の嘶《いなな》き声が、
ひひん――――と、上がった。

武家の下屋敷の並ぶ〝お武家通り〟の方から暴れ馬が走って来る。

一瞬、焦った顔を見せたものの、さすがに岡っ引きだけあって佗助は落ち着きを取り戻すのも早かった。

「手代さん、そっちの木の陰に隠れなせえッ」

と、気づかいながら、佗助も、周吉から二、三間ほど離れたところにある大木の陰

に身を隠した。

山村育ちの周吉は馬に馴れていた。しかも、下屋敷の多い本所深川では暴れ馬なんぞ珍しくない。

下屋敷の連中も武士の端くれのつもりなのか馬を飼うが、手入れや管理が行き届かず、ときおり、町場を暴れ馬が駆け回り怪我人が出ていた。

周吉の見るところ、暴れ馬は疱瘡地蔵を蹴散らし町場の方へ抜けて行くはずだった。

――町場には鵙屋がある。

(放っておけないよね)

逃げも隠れもせず、暴れ馬の方を見た。

侘助の目には、周吉の姿は、暴れ馬に怯え、魂を抜かれて立ち尽くしている手代としか見えなかったのだろう。

「手代さん、危ねえッ」

と、しきりに心配している。

桜の花びらを蹴散らしながら、暴れ馬はすぐそこまで迫って来ている。――生臭い獣のにおいが鼻をつく。

「手代さん、逃げなせえッ」

金切り声に近い侘助の言葉に誘われたのか、懐からオサキが、ちょこんと顔を出し、暴れ馬に目をやりながら言った。

——あんまり美味しそうな馬じゃないねえ。おいら、油揚げの方がいいや、ケケケケケッ。

馬に蹴られることなんぞあり得ない魔物だけあって、オサキは気楽なものだった。呑気《のんき》に欠伸《あくび》などしている。

——周吉、面倒くさいから、放っておこうよ。

暴れ馬はすぐそこまで来ていて、今にも周吉もろとも疱瘡地蔵をふみ潰しそうだった。それなのに、オサキは笑っている。

——大きな馬だね、ケケケケッ。

（ちょっと黙っておいでよ）

と、周吉はオサキに命じると、ゆっくりと目を閉じた。

馬にふまれる寸前、周吉の眼が開いた。

さっきまでと眼の色が違っている。黒飴《あめ》のように真っ黒かったはずの目が、水銀色に耀《かがや》いていた。妖狐の眼だ。

〝妖狐〟というだけあって、この術を遣うと、動物に話しかけることができた。

（いい加減におし）

と、妖狐の眼で暴れ馬に命じた。

ひひーん……。

暴れ馬の嘶きが小さくなる。周吉を見て怯えているようだった。

（家にお帰り）

周吉は鈍《にび》色の眼のまま、暴れ馬に命じた。

――周吉はおっかないから、言うことを聞いた方がいいと思うな、おいらも。

オサキが真面目な口調で、暴れ馬に話しかけた。

――逃げた方がいいと思うねえ、ケケケッ。

すると、暴れ馬は、小さく、ひひんと鳴くと、踵《きびす》を返し、町場と反対方向へ歩き出した。

鈍色の眼を閉じ、もとの黒飴のような真っ黒な目に戻すと、背中から、とたとたと侘助の足音が聞こえ、

「手代さん、大丈夫ですかい」

心配そうな声が飛んで来た。

「へえ」

周吉は、いつもの頼りない手代の声で返事をした。

——本当に大丈夫なのかねえ。

懐でオサキが首をかしげている。

五

数日後、周吉とオサキは夜の本所深川の見廻りをしていた。

今日も疱瘡地蔵の近くに来た。

辺鄙《へんぴ》な本所深川の外れにあるというのに、町人たちは疱瘡除けの地蔵として敬っている。他の地蔵に比べれば、お参りに来る人の数は多かった。

しかし、賑《にぎ》わうのも夕暮れまでのことで、夜になると〝江戸の町〟というより〝草深い村〟としか見えない。本所深川の外れの夜は暗く静かだった。

ときおり、梟《ふくろう》の寂しげな鳴き声が聞こえるだけで、ひとけはない。朧気《おぼろげ》な月の光だけが、古びた疱瘡地蔵を照らしていた。

そんな月灯りの下、疱瘡地蔵の近くにある桜の木の陰から、一枚の薄紅色の小袖が、ひらり――――

――――と舞った。

青白い月の光に映える薄紅に花菱模様の小袖だった。

小袖は風にたゆたう桜の花びらのように、ひらりひらりと夜闇の中で舞っている。

――周吉、化けものがいるねえ。

自分のことを棚に上げて、肩に乗っているオサキがつぶやいた。

「小袖の手というやつだろうね」

と、周吉は驚かない。

人にもいろいろなものがいるように、妖怪やもののけにもいろいろいる。

人が暮らすには、茶碗や鍋をはじめとする道具が必須である。古物の修理や回収が当たり前の江戸の町では、百年二百年もの間、同じ道具を使うことも多かった。

「器物百年を経て、化して精霊を得てより、人の心を誑《たぶら》かす」

という言葉があるように、ものの妖《あやかし》、すなわち付喪神《つくもがみ》も珍しくない。

目の前で待っている小袖は、その付喪神のひとつで、小袖《こそで》の手《て》と呼ばれる妖だった。

小袖の手ごときに驚いていては、もののけ部屋で暮らすことはできない。

——嫌なやつじゃないといいねえ。

オサキが呑気な口調で言った。

人にもいろいろあるように、付喪神も一通りではない。

「人など目障りだ」と、人を殺《あや》めるものもあれば、その家の守り神のようになり、人の子と仲よく暮らしている付喪神もいた。かつて振袖火事を起こした小袖のように、江戸中に災厄をばら撒くものだっている。

どこからともなく、幾千もの桜の花びらが舞い上がり、周吉の視界を遮った。桜の花びらが顔にまとわりつく。

必死に払うと、やがて、目の前に見たこともない女性《にょしょう》が立った。薄紅に花菱模様の着物を身につけている。

——女のひとがいるねえ。疱瘡婆かねえ。

オサキがそんなことを言っているが、目の前の女は美しい黒髪に、穏やかな笑みを浮かべている。武家の奥方に見えた。町場で噂されているような、白髪頭に牙を剝《む》き出している鬼婆には見えない。

しかし、普通の女が、こんな時刻にこんな寂しいところに立っているわけはない。小袖から現れたところを見ても、生身の人間ではあるまい。ましてや、ここは疱瘡地蔵なのだから、疱瘡婆と無関係とは思えなかった。

「あなたが疱瘡婆の正体ですか」

周吉は聞いてみた。

——まさか。

小袖の女は鈴を転がすような声で答えた。——嘘《うそ》をついてるような声には聞こえない。

「では、いったい」

小袖の女は、おっとりとした笑みを浮かべると、言った。

——江と呼ばれております。

# 二　江姫の小袖

## 一

崇源院——江姫が疱瘡除けとして祀られるようになった発端は、一五九三年、豊臣《とよとみ》秀吉《ひでよし》が天下に号令していたころに遡《さかのぼ》る。

秀吉の側室として権威をふるっていた姉の淀《よど》が、疱瘡を患った。

女にとっては器量は刀であり城でもある。それを損なうのは権威を失うことを意味している。美貌を武器に上り詰めた淀にしてみれば一大事であった。

秀吉も愛する側室のため、僧を集めては祈禱《きとう》を行い、さらに各地から疱瘡除けの妙薬や護符を取り寄せた。腕の立つ医者がいると聞けば、金と権力にものを言わせ、有無を言わせず淀を診《み》せた。

しかし、疱瘡は治るどころか悪化の一途を辿り、器量どころか、淀の命をも脅かした。

誰もが――秀吉さえも淀の命を諦めかけたとき、徳川家より一枚の着物が届いた。淀の妹の江姫からの見舞いである。聞けば、江姫自身も淀に伏見《ふしみ》城から会いに来ているという。

秀吉は「律儀な内府どの」などと家康《いえやす》のことを立てているが、内心では警戒していた。

〝海道一の弓取り〟と呼ばれ、秀吉より高い武名を持つ家康は、目の上のたんこぶである。当然ながら、秀吉は江姫にもよい感情を持っていなかった。が、秀吉は、

「姉の死に目にくらい会わせてやれ」

と、命じたという。

そのぐらい淀の病状は深刻だった。

江姫は侍女の志津《しづ》とふたりきりで見舞いにやって来ていた。戦国屈指の美女と呼ばれたその美貌は、衰えるどころか、光り輝いて見えた。

「これは姫、久しぶりじゃのう」

秀吉が好色そうな笑みを浮かべた。

一時期、江姫は姉たちと一緒に秀吉のもとに身を寄せていた。秀吉は結局、姉の淀を側室にしたが、江姫も言い寄られたことが何度かあった。

もちろん、今は家康の後継者と目されている秀忠の正室。いくら太閤でも手を出せる相手ではなかろう。好色そうな目で見るのが精いっぱいのようだった。

秀吉はさておき、江姫は志津とふたりで淀の枕元に立った。高熱に苦しんでいるのか息も荒く、枕元の江姫にも気づかなかった。

「姉上……」

言葉と一緒に涙が零《こぼ》れた。

淀と江、それに初《はつ》を加えた浅井《あざい》三姉妹は、母であるお市《いち》の美貌を受け継ぎ、戦国時代屈指の美人姉妹と言われていたが、艱難辛苦《かんなんしんく》に満ちたその半生は並大抵のものではなかった。

そのため、三人の絆《きずな》はとても強かった。

疱瘡は赤を嫌う――。ただの迷信であろうが、江姫はそれを信じ、淀の疱瘡を祓《はら》い清めるため、赤く染めた小袖を作らせた。

高熱を出し、目を開けられない淀の上に、江姫は赤い小袖を、ふわりとかけた。

それから、志津に促されるようにして、淀の病床を後にした。

その後、江姫の贈った小袖が効いたのか、淀の疱瘡は治り、痘痕も薄く、淀の器量は損なわれずに済んだ。

以後、小袖は〝疱瘡除けの小袖〟として豊臣家で大切に保管されることになったのだった。

さらに歳月は流れ、秀吉が死に、大坂夏の陣で豊臣家は滅び、淀も死んだ。

江の小袖は秀忠の娘・千《せん》姫とともに戦火を逃れ、徳川家へと戻って来た。

徳川へ戻って来た千は大坂の思い出の染みついた小袖を嫌い、結局、小袖は江の侍女である志津へと下賜《かし》されるが、志津も若くして、この世を去ってしまう。

すると、小袖は持ち主を失い、幕府もこれを持て余した。

本来であれば、いったんは下《くだ》し賜れたとはいえ、将軍家正室ゆかりの小袖。大事に保管されるべきものである。

しかし、江姫は徳川の政敵、豊臣家の淀の妹であり、千姫は豊臣秀頼《ひでより》の正室だった。

しかも、江姫は長男である徳川家光ではなく、家光の弟、忠長《ただなが》を将軍の後継者としようとしたことから評判もよくない。

真相は、疎んじていたのではなく、病弱の家光に将軍の重責を負わせたくないという親心であったが、家光は母である江姫のことを恨んだ。その家光が三代将軍となったこともあり、江姫の立場は、徳川の中で微妙なものだった。

江姫が死んだ三年後、家光自身も疱瘡になり、「母を恨んだ罰が当たった」と、疱瘡地蔵を江戸城に祀り、江姫の赤い小袖を奉納したものの、疱瘡が治ってしまえば、やはり自分を疎んじた母を好きになることはできなかった。家光と江姫の確執は有名であり、幕臣たちも、疱瘡地蔵を疎んじるようになる。

その後、明暦の大火が起こり、江戸の町は燃え尽き、再開発がはじまる。

このころから江戸は、武士の町ではなく、商人の金の力を無視できない町人たちの町となりつつあった。

商業中心の政策を推し進める田沼《たぬま》時代のことで、江戸市中の宗教的な施設は軽視され、その結果、江戸市中の町場化に伴い、寺社など宗教的な施設は江戸の外れの深川へと追いやられていた。

疱瘡をはじめ疫病は村はずれから御府内へ侵入してくると信じられており、江戸の入り口ともいえる本所深川には、亀戸の香取《かとり》神社の道祖神祭をはじめ、疫病除けのまじないの類がいくつもある。

そんなこともあり、疱瘡地蔵も本所深川へ移されたのだった。

二

小袖の手――江姫は鵙屋までついて来た。なぜ、ついて来るのか聞いても微笑《ほほえ》むばかりで答えようとしない。そんな江姫の姿を見て、

――面倒くさいのが増えたねえ、ケケケッ。

無礼に笑うオサキにも、

――面倒はかけません。ご安心下さいな。

と、江姫は穏やかな笑みを浮かべ、実際、もののけ部屋にすら入ろうとせず、庭にある桜の木を居場所に定めた。

七分咲きの鵙屋の桜から、はらりはらりと薄紅の花びらが江姫に降り注いでいる。幽霊の類であろう江姫の姿は、普通の人の目には映らない。江姫の言うように、桜の下にいたところで、誰の邪魔にもなっていない。が、

（どうして、あたしについて来たのかねえ）

周吉が首をひねっていると、番頭の弥五郎が庭に姿を見せた。

「おう、周吉つぁん、ここにいたのかい。旦那様が呼んでいらっしゃるぜ。何でも大

事な話があるそうだ」

「大事な話ですか……」

いったい何の用事だろうと怪訝顔の周吉の懐で、オサキが口を挟んだ。

――きっと婿入りの話だよ、周吉。よかったねえ。

すると、それを耳にした江姫までが、桜の木の下から、こんなことを言うのだった。

――婿入りの話があるのですか？　それはめでたいことですね。


主である安左衛門の部屋に行くと、お琴が座っていた。そのお琴の姿を見て、周吉は息を飲んだ。

――ずいぶん剣呑な顔をしているねえ。ケケケッ。

お琴の顔を見るに、剣呑どころの騒ぎではない。さっきまで泣いていたのか、目が真っ赤になっている。

しかも、なぜか、周吉のことを、妙にきつい目つきで睨《にら》んでいた。

――周吉、謝っちまいなよ。

そう言われても、お琴に何かしたおぼえはない。

――何もしないから怒っているんだと思うねえ。

と、オサキは訳の分からないことを言っている。何もしていないのに、怒られてはたまったものではない。

「周吉、ちょいと座っておくれ」

安左衛門の声も不機嫌であった。

周吉が座ると、安左衛門は挨拶抜きに話しはじめた。

「疱瘡婆の女さらいの話を知っているだろう」

見廻りへ行ってきたばかりだ。常連客のお八重も姿を晦ましている。

「へえ」

「周吉、おまえ、世の中に化けものなんていると思うかい」

安左衛門は周吉に、そんなことを聞いた。

「あたしは疱瘡婆が女をさらうなんぞ、眉唾ものだと思っている」

化けものが跋扈《ばっこ》すると噂の箱根の山を、平気な顔で夜歩きするくらいの安左衛門だ。信心はあっても、瓦版が面白おかしく書き立てた化けもの話なんぞ、真に受けたりしないのだろう。

しかし、オサキモチである周吉としては、

「へえ」

としか返答のしようがない。

「ただね、周吉」

と、安左衛門は茶で喉を湿らせる。

「今回の一件はよくない。眉唾かもしれないが、放っておけないんだよ」

「はあ……」

これまた返答のしようがない。

安左衛門自ら疱瘡婆退治でもはじめるつもりなのだろうか――。襷《たすき》鉢巻姿の安左衛門をぼんやり思い浮かべていると、

「――聞いているかい、周吉」

「へえ」

「だったら、どうなんだね?」

安左衛門が聞く。

「どうと申されましても――」

まさか、主人の話を聞いていなかったとは言えない。

「はっきりしない男だねえ」

ますます渋い顔になった安左衛門の袖を、

「もういいわ」

と、お琴が引いている。

そのくせ、なぜか、お琴の真ん丸な目から涙が溢《あふ》れそうになっている。

――周吉、泣かせちゃったねえ。

と、オサキに言われるが、どうしてお琴が泣いているのか分からない。

本所深川で〝野暮な手代さん〟と言えば、たいていの連中は周吉の顔を思い浮かべる。

そんな野暮の親分みたいな周吉が、泣きそうな若い娘を器用に慰められるわけがない。それでも、

「お嬢さん、泣かないで下さい」

野暮は野暮なりに、必死に声をかけたが、効果はなく、逆にお琴は泣き伏してしまった。

こうなってしまうと、周吉も安左衛門もおろおろするばかりで役に立たない。男ふたりで、おろおろうろうろしていると、

「まったく、困った男衆だねえ」

と、言いながらしげ女が入って来た。

隣の部屋で様子を窺《うかが》っていたのか、しげ女は苦笑いを浮かべている。

しげ女は安左衛門に言う。

「周吉はもし大地震があっても、気づかないくらいの鈍い男だって知ってるだろう。もっと、はっきり言っておやりよ」

「はっきりって、言ったって――」

安左衛門が言葉に詰まっている。安左衛門ときたら、鵙屋の主人のくせに、女房のしげ女には、頭が上がらないのだ。

そんな安左衛門を見て、しげ女は、ため息混じりに言う。

「周吉に婿入りして欲しいんだろう。ちゃんと言わないで、ただ怒ってどうするつもりだい」

口下手の安左衛門の代わりにしげ女が言うには、婚期を逃した女が疱瘡婆にさらわれている一件を聞き、娘を持つ親として、安左衛門は心を痛めているというのだ。

安左衛門にしてみれば、周吉という婿候補もいるのだから、この際、一緒にしてしまおうというつもりらしい。

婿入りと聞いて、周吉の顔が強張った。

――若旦那になれるねえ、周吉。ケケケッ。

オサキは笑っているが、周吉にしてみれば、そんなに気楽な話ではない。

確かに、三瀬村から、オサキを懐に身ひとつで江戸に出て来た周吉にしてみれば、これほどいい話はない。十人中十人がそう言うだろう。

大店《おおだな》と言えぬまでも、鵙屋は堅い商いをし、借金ひとつない上に、一人娘のお琴は評判の小町娘だった。気立ても決して悪くない。しかも、

「周吉だって、お琴のことが嫌いじゃないんだろう」

しげ女の言葉に頬が熱くなり、思わず顔を伏せてしまった。ちらりと横を見ると、お琴も赤くなっている。

――周吉もお琴も真っ赤っかだねえ。

オサキが小馬鹿にしている。

こんな様子を見れば、安左衛門でなくとも、ふたりを夫婦にしようと思うだろう。しかし、

「すみません……。考えさせて下さい」

周吉は蚊の鳴くような声で言った。

「考えるって、何を考えるんだい」

安左衛門が嚙《か》みつく。

「いったい、何の不満があるって言うんだい、周吉」

「不満なんて、とんでもない」

「だったら——」

と、安左衛門は言いかけて言葉を飲み込んだ。不意に、何かに思い当たったような顔をしている。

「まさか、周吉、おまえ……」

「へえ」

周吉には、安左衛門が何を言い出すつもりなのか見当もつかない。

——周吉が化けものだって、ばれちまったんじゃないのかねえ。ケケケッ。

(あたしは化けものじゃないよ、オサキ)

と言い返しながらも、周吉は安左衛門の次の言葉を待っていた。胃の腑のあたりが、きりきりと締めつけられるように痛んだ。

もし、安左衛門にオサキモチであることを見抜かれたら、鵙屋を出て行かなければならない。

しかし、安左衛門の口から飛び出した言葉は思いがけないものだった。

「周吉、他に好きな女でもいるのかい」

聞いたとたん、周吉は咳《せ》き込んだ。

すっかり疑心暗鬼になっている安左衛門は、周吉の狼狽《ろうばい》ぶりを自分勝手に解釈し、顔を真っ赤にして怒り出した。

「どこの女だい、周吉」

こうなってしまうと、もう収拾がつかない。

周吉は野暮天の口下手だし、お琴は泣いているし、安左衛門は聞く耳を持たない。

素人芝居のような大騒ぎとなった。

「本当に困った人たちだねえ」

しげ女がまたため息をついた。

三

気まずい日々が続いた。

お琴は毎日のように泣いているし、安左衛門は機嫌が悪く周吉に話しかけようとしない。

番頭の弥五郎では頼りにならない。実際、弥五郎はお琴が赤い目をしていても、

「お嬢さん、目の病ですかい？　いい目医者を紹介しましょうか？」

と、頓珍漢《とんちんかん》な気の使い方をしている。

頼みの綱のしげ女も取りなしてくれず、ほんの少し人の悪そうな笑みをちらりと浮かべて、

「お琴をもらってくれればいいだけの話さ。びくびくしなくてもいいじゃないか」

と、言うだけで助けてくれない。

オサキに至っては、安左衛門の真似をして、周吉をからかってばかりいる。

――他に女がいるのかい、周吉。ケケケッ。

（あのねえ……）

しかも、江姫は、相変わらず何を考えているのか分からない。庭に居座り、桜を眺めてばかりいる。

店先を掃除していると、鵙屋に年のころ二十二、三の医者が訪れて来た。

「ご主人はご在宅かな」

と、十徳《じっとく》を身につけた剃髪《ていはつ》の医者は言った。

「これは玄宗《げんそう》様、いらっしゃいまし」

周吉は商人の物腰になる。

周吉とさほど変わらぬ年回りの医者――玄宗は、鴫屋の常連でもあり、本所深川で評判の仲人医者であった。

仲人にかけては至極名医なり――。

こんな川柳があるくらい医者の仲人業は珍しくなかった。

――たいしたお医者じゃないねえ。

オサキの言うように、若く経験を積んでいないためか、玄宗の医者としての腕前はいささか怪しい気がする。悪い男ではないが、患者を診るより仲人に精を出している。ときおり、お琴のもとへ縁談を持ち込むのも、この玄宗だった。

気に入らぬが、安左衛門の客を無下にはできぬ。

周吉が玄宗を案内しようと口を開きかけたとき、店の中から安左衛門が顔を出した。

「玄宗先生、お待ちしておりました。どうぞ奥の部屋へ」

安左衛門が玄宗を呼んだらしい。

――誰か病気なのかねえ。

そんな話は聞いていない。

すると、安左衛門が玄宗を招いた理由はひとつしか残っていない。

お琴の見合いだ。

しかも、いつもと違い安左衛門が玄宗を呼んだということは、本気でお琴を嫁がせるつもりでいるのだろう。

――お琴、結婚しちまうのかい？　こいつは困ったねえ、ケケケッ。

オサキが笑った。

四

（本当に腹が立つ――）

安左衛門は周吉のことばかり考えている。

（あたしばかりが悪役じゃないか）

ついさっき、店先で見た周吉の情けない顔を思い浮かべながら、心の中で愚痴り続けていた。

（煮え切らないおまえが悪いんだろう。そんな顔で見るんじゃないよ）

お琴が周吉に心を寄せていると知ってから、安左衛門は頼りない田舎者を娘の婿にすると決めていた。本当はお琴より安左衛門の方が、周吉を気に入っていたのかもしれない。

周吉もお琴も、いつまで経っても子供のような表情が抜けず、鵙屋の主夫婦にするには、かなり頼りない。

躊躇《ちゅうちょ》する心持ちがなかったわけではないが、安左衛門だって継いだばかりのころは頼りなく、

「おまえさん、大丈夫かえ」

と、しげ女に真顔で心配されていた。

（主人なんてなっちまえば、どうにでもなるものさ。誰だってできる）

ときどき、安左衛門はそんなことを考える。

頼りない周吉だって主人に据えてしまえば何とかなる——。そう決めつけていた。

お琴との縁談に及び腰なのは、万事に控え目な周吉のことだから、主人への遠慮、ひいては鵙屋の主人になることに自信がないためだと思っていた。

それがどうも違うらしい。

「遠くて近きは男女の仲」と言うが、周吉とお琴は、いつまで経ってもお嬢さんと奉公人のままである。

普通の奉公人であれば、大喜びするはずの婿入りにも乗り気ではない。

（他に好きな女がいるのかね）

と、安左衛門が思うのも無理のない話だった。

今となっては昔のことだが、安左衛門も親の決めた許嫁《いいなずけ》を袖にして、しげ女と一緒になっている。

しかも、当時、しげ女には言い交わした男がいたのだ。

周吉にそんな素振りは見えないものの、色恋沙汰ばかりは他人の思うようにならぬもの――。安左衛門は身をもって知っている。

(だったら、仕方ない)

お琴を見合いさせることにした。

「そんな、おとっつぁん」

「ちょいと、おまいさん」

と、お琴としげ女は何か言いたげだったが、聞く耳を持たなかった。

他に好きな女がいるかどうかは別にして、周吉にお琴と一緒になるつもりがないのなら、さっさとお琴に婿を取らなければならない。

そんなわけで、安左衛門は、かねてから店に顔を出していた玄宗を呼んだのだ。

食あたりや風邪くらいの軽い病を診てもらうこともあり、安左衛門としては相談しやすい相手であった。

玄宗自身、病人を診ることよりも縁談まとめに熱心な男だった。医者もやりようによっては金になるが、金持ちや武家相手に縁談をまとめた方が、ずっと金になる。その証拠に、江戸の町には仲人を仕事にしている連中もごろごろいる。とにかく、仲人は、実入りのいい仕事と言えた。

「お琴に見合いさせようと思っております」

安左衛門は丁寧な口調で切り出した。医者というのは、武士よりは下だが町人よりは上の身分である。いくら銭を払うといっても、気をつけて口を利く必要があった。

「お琴お嬢さんでしたら、婿になりたい男など、いくらでもいるでしょう」

玄宗も丁寧な口調で言った。腰の低い男で、仲人を生業《なりわい》としている連中が嫌う貧乏人同士の縁談もまとめている。

仲介料目当てに金持ちの縁談ばかりをしたがる仲人医者の多い中、不思議と言えば不思議な男だった。

安左衛門は言う。

「誰でもよいというわけには参りません」

「それは当然のこと」

玄宗は重々しくうなずいた。それから、ほんの少し考えた後、

「娘御に紹介したい男がおります」

と、言った。ただの見合い相手を紹介する口ぶりではない。

「どのような男性でしょうか」

安左衛門は聞く。

「中村郁之進《なかむらいくのしん》という武士をご存じかな？」

「ええ。ときどきお店でお見かけ致します」

大名・旗本は献残屋を呼びつけることが多いが、約《つま》しい暮らしを強いられている下級武士は自ら店に足を運ぶ。

安い給金で口を糊《のり》し、節目節目に儀礼の贈答品を送らなければならない下級武士と、献残屋は切っても切れぬ関係にある。

町人客も多い鵙屋にあっても、郁之進は偉ぶることなく穏やかな笑みを浮かべている好男子だった。本所深川の出世頭ということもあって、町人たちにも知られている。

「実は、その郁之進は、わたしの古い馴染みでしてな」

「さようでございましたか」

玄宗も郁之進も余計なことをしゃべらぬ男だった。知っているようで、何も知らない。

「友として恥ずかしい話だが――」

玄宗は思わせぶりに笑うと、こんなことを言い出した。

「郁之進のやつ、お琴殿に惚《ほ》れてしまったようだ」

「なんと」

安左衛門は目を丸くする。

「勘定方のお武家様がうちの娘に――」

武家相手の商売をやっているだけあって、安左衛門も武家社会の実情をよく知っている。

薄給ではあるが、勘定方は数多くある武家の役目の中でも別格だった。役目柄、算術が巧みでなければならず、親の身分に関係なく、能力のあるものが登用されている。

勘定方に勤めているということは、郁之進は有能で、日々の研鑽《けんさん》を怠らない男と思える。

しかし、疑問は残る。

「そのようなお方が婿に来てくださりますかな」

「そこは話しようでござる」

玄宗は、やり手の仲人の顔を覗《のぞ》かせながら言った。

「万一、お琴殿を嫁に出すことになっても、郁之進とお琴殿の間にできた子を跡継ぎとしてもらい受ければよいだけの話」

珍しい話ではない。安左衛門もしげ女も若いとは言えないが、身体だけは丈夫だった。お琴の子供が一人前になるまで賜屋の看板を守ることくらいはできるだろう。しかも、

「武家と縁を結んでおくのも悪くないでしょう」

その通りである。

商売、ことに献残屋は信用がすべてといっても過言ではない。勘定方の郁之進との縁談は、商売人として考えるなら願ったり叶《かな》ったりと言える。

身を乗り出した安左衛門に玄宗は言う。

「大川堤《おおかわづつみ》で桜が見ごろとなっております。そこでお琴殿と郁之進を会わせましょう」

# 三　狐目の稲荷寿司屋

## 一

七分咲きだった桜も満開となりはじめ、薄紅の淡い花びらが、ひらひらと降るころになった。

花より団子と言うけれど、この季節の庶民たちの楽しみは女比べだった。

女比べは見合いの一種であるが、一口に見合いといっても身分や懐具合によって形式が異なる。

金があれば洒落《しゃれ》た料亭で顔合わせでもできるだろうが、庶民の懐具合では、ちょいと難しい。

そうかといって、武家の跡取りの息子のように生まれたときから家と家との約束ができているわけではないのだから、いきなり相手の家に行くのも若者たちにとっては堅苦しい。

娘たちが好んで読んだ仮名草子に『薄雪物語《うすゆきものがたり》』というものがある。満開の桜の下で、男が女を見初《みそ》め、美麗な恋の言葉が飛び交う甘い恋物語である。

そんな美しい『薄雪物語』に憧《あこが》れ、理想の男性に見初められることを夢見て、若い女たちは自身を着飾り満開の桜の下を歩くのだった。そして、さらに、芝居がかった話で、女を見初めた男は扇子《せんす》を、ひょいと投げ、女は女でその扇子を偶然拾ったように装い、男に届けるのだ。

そして、この流行は若い衆やその二親にも都合がよかった。

「牛でも馬でも並べて見た方が、よしあしが分かるってもんだ」

と、思わず本音を口にして、女たちに睨まれたりした。

しかし、そこはお互い様で、若い衆が女の品定めをするように、女たちは女たちで、気に入りそうな男が花見へ来る日を狙っていた。

だから、自分に自信のある男は、少しでも美しい娘を集めるため、土地の町役人に、

「来月の花見に参上する」

などと根回しするのが普通だった。そうすれば、町内で話題となる。

さらに、屋台商売の連中にしてみれば、ただでさえ花見の時季は書き入れどき。着飾った若い女が集まれば、それを目当てに男どもも集まって来る。

牛や馬を集めたって、大きさや毛並みで、一等二等とやりたがるのが人の性《さが》。ましてや、年がら年中、

「豆腐屋の娘より三味線のお師匠さんの方がいい女だね」

とやっている若い衆の前に、着飾った娘を並べるのだから、一等二等の騒ぎにならぬ方がどうかしている。

もちろん、一等といったところで、容姿の好みなど人それぞれ。ただ見合いの一種類であるのだから、少しでも身分の高い男に見初められ、扇子を投げられた女を一等とすることになっていた。

いつだって騒ぎを煽るのは瓦版であったが、その瓦版がこの女比べに目をつけ、余計なお世話にも、目立ちそうな女を予想する番付なんぞを刷ったものだから、本所深川でも、花見の季節になると女比べの話題で持ち切りだった。

ただでさえ騒々しい季節に、

「嫁ぎ遅れると疱瘡婆にさらわれる」

という風評が重なり、それまで貧乏やら照れくさいやらで見合いに二の足を踏んで

いた女たちまでもが女比べに出ると言い出したのだ。お八重のように行方知れずになっている女もおり、女たちは疱瘡婆に怯えていた。

野次馬と化した町人たちは、ところかまわず、間もなく開かれる大川堤での女比べの噂で盛り上がっていた。

ただでさえ、今年の大川堤の女比べは注目されている。

裕福な旗本の三男坊である小暮祐三郎《こぐれゆうざぶろう》が結婚相手をさがしに、大川堤へやって来るというのだ。

旗本である小暮家へ、町人がすんなり嫁入りできるわけではないが、まったく無理というわけではない。町人の娘が、いったん武家の養女に入り、釣り合った家柄の娘となってから嫁入りすればよい。そんな話は今も昔も江戸中に転がっている。腕のいい仲人にかかれば、身分違いなんぞ、たいした問題ではない。

小暮祐三郎のことを周吉に教えてくれたのは元締めの佐平次だった。夕暮れどきの見廻りで大川堤を歩いていたときのことである。

「――ろくでもねえ野郎だ」

佐平次は顔をしかめている。

花見で有名な場所だけあって、薄紅色の花びらが舞っている。

野暮な周吉でさえも見とれるような美しい景色の中、佐平次は桜を見ようともせず、ひとりで腹を立てている。

「いるかどうか分からねえ化けものなんぞより、小暮の小倅《こせがれ》を退治した方がいいぜ」

「へえ」

周吉は曖昧にうなずく。二、三歩離れたところには江姫が歩いているし、懐にはオサキがいて、

――化けものよりおっかないなんて、剣呑なんだねえ。ケケケッ。

――人というものは怖いものですね。

そんなことを言っている。

オサキと江姫は放っておくとしても、大川堤の女比べに、そんな男がやって来ると聞いては気になって仕方がない。

――お琴も出るんだよねえ。

お琴の相手は小暮祐三郎ではないが、着飾って大川堤へ行けば、女比べの一員とされてしまう。

わざわざ小暮祐三郎の来る日に、お琴が大川堤へ行くことになったのは、見栄っぱりの本所深川の連中のせいだった。

連中ときたら、小暮祐三郎目あてに上野《うえの》や浅草《あさくさ》から女たちがやって来ると耳にすると、負けず嫌いを隠しもせず、

「本所深川の女の方が上だって、見せてやろうじゃねえか」

と、騒ぎ立て、鴫屋に捻《ね》じ込んだのであった。

連中にしてみれば、小暮祐三郎の嫁選びなんぞは二の次で、町内出身のお琴の美しさを見せてやりたい。地元の女比べで、上野や浅草の女が一等をとるようでは面目が潰れる。そんなふうに考えているだけである。

「見世物じゃあるまいし」

と、安左衛門も、最初は渋っていたが、地元で暖簾《のれん》を出している以上、この連中を無下に扱うことはできない。

仮に小暮祐三郎に見初められても断ればよいだけの話で、地元の連中に角を立てるのは得策ではないと商人らしく損得勘定をしたのだ。

「鴫屋のお嬢さんも大川堤へ行くんでしたな」

佐平次の口ぶりは、まるで周吉を責めているようだった。

「へえ」

相変わらず、頼りない返答をくり返す周吉に苛立《いらだ》ったのか、佐平次は、

「すぐにやめさせなせえ」

と、言った。

「そう言われましても……」

自分でも情けないほど、声が小さくなってしまった。

奉公人が主人の娘の縁談に口を挟めるわけがなく、ましてや、周吉は婿入りの話を断っている。――見合いへ行くななどと言えるわけがない。

「お嬢さんが嫁に行っちまってもいいんですかい？　手代さん、お嬢さんに惚れているんでしょ」

珍しく佐平次が絡んで来る。

「いいも悪いも……」

と、しどろもどろになる周吉を見て、佐平次は大きくため息をつくと、こう言ったのだった。

「どうにかしねえと、嫁に行っちまうどころか、お嬢さんが不幸になっちまいますぜ」

周吉の憂鬱や佐平次の心配をよそに、本所深川はお祭り騒ぎとなっていた。

二

お調子者の多い本所深川のことで、

「誰が小暮祐三郎に見初められるか賭けねえかい」

と、小銭を賭けはじめ、目端の利くものは、女比べの予想番付を刷って瓦版にする始末。

そんな瓦版を目にするたび、周吉の心は漬けもの石のようにずしりと重くなる。このとき、周吉は見たくもない瓦版を佐平次に押しつけられ、オサキと見ていた。

番付予想の筆頭は、やはり、お琴であったが、その他にも美しい女たちが集まって来るという。

そして、集まって来るのは女たちばかりではない。江戸中の仲人たちが大川堤を目指しているらしい。

——仲人は儲かるもんねえ。

周吉より俗な魔物が、算盤を弾《はじ》いている。

――仲人というのは、お金を取るのですか。

すっかり周吉に馴染んでしまった江姫が、オサキに聞く。

――たくさん取るみたいだねえ。おいらも仲人になろうかねえ。

オサキが真顔で考え込んでいる。

仲人が儲かる職というのは、瓦版の受け売りであろう。

目の前の瓦版によれば、縁談をまとめた暁には持参金の十分の一を手に入れることができると書いてある。つまり金持ちの縁談をまとめるほど仲人の財布は重くなるのだ。今回の女比べに出る女たちの背後にも、何人かの仲人の影があった。

「噂をすれば、何とやらだ。女や仲人連中がいやがるぜ」

佐平次が舌打ちした。

――おかね婆さんもいるねえ。

オサキが目聡《めざと》く、ひとりの老婆を見つけた。佐平次も、おかねを見つけたらしく、

「相変わらず、元気そうな婆さんだな」

と、言いながらも、大川堤へ近寄って行った。

おかねは、本所深川の名物婆さんだった。三度の飯より銭が好きという守銭奴で、金儲けのために仲人をやっている。三十すぎの銭市《ぜにいち》という息子もいるが、おかねの稼

いだ金でのうのうと暮らしているらしく、滅多に姿を見せない。

郁之進と見合いが決まっているお琴を、自分の手駒として女比べに出そうと企み、鴎屋にも何度か顔を出しては安左衛門に追い払われていた。

お琴を女比べに出すことは諦めたようだが、見慣れぬ可憐な娘を連れている。疱瘡婆の噂のある時期だけに、二十をすぎた女の多い今回の女比べの中で、おかねの連れている娘は若いというより幼く、子供のように見える。

周吉と佐平次に気づいたのか、おかねがこちらへやって来た。

――鬼婆だよ、鬼婆がいるよ、周吉。ケケケッ。

夕暮れ時に見るおかねの姿は、絵草子の鬼婆そっくりだった。

散切りの白髪頭を振り乱し、継ぎ接ぎだらけの着物を身につけている。干からびて乾き切った唇からは、黄色い歯が覗いている。鬼婆の正体と噂される江姫なんぞより、ずっと鬼婆に見える。

佐平次も鬼のように恐ろしい顔をしているが、こちらの方は、まだ愛嬌《あいきょう》がある。

「飴《あめ》細工の親分さんじゃないかえ」

おかねが佐平次に声をかけた。手先の器用な佐平次は、祭りのたびに、自ら飴細工の屋台を出すので、町場の連中から飴細工の親分と呼ばれている。

「女比べのときにも屋台を出すつもりかえ」

「飴細工って年でもなかろう」

佐平次は素っ気ない。

「飴細工の屋台をやるなら、あたしにもひとつおくれよ、親分さん」

おかねは真顔で言った。

――おいらも飴が欲しいねえ。

と、オサキがしゃしゃり出たが、佐平次に声が届くわけもなく、

「そこのお嬢ちゃんは誰だい」

と、おかねの連れている娘に話は移っていった。

「中々、きれいな女だろう」

おかねが歯を剝き出しにして笑っている。

――ケケケケッ。

オサキが真似をして歯を剝き出して見せる。

「女だと」

佐平次が、ぎろりとおかねの隣にいる娘を睨む。

「まだ子供《ガキ》じゃねえかい」

と言う佐平次の顔が恐ろしかったのだろう。娘は怯えたように、おかねの背に隠れた。そんな仕草ひとつ見ても、ずいぶんと幼い。

確かに、可憐な娘であったが、女比べに出すには、ちょいと幼く、純朴すぎるように思える。

「やい、おかね」

と、佐平次は呼びつける。

「その小娘をどこからさらって来やがった」

虫の居どころが悪いのか、いきなり人さらい扱いしている。

おかねも黙っていない。

「滅多なことを言うんじゃないよ。この娘――りんの親には、ちゃんと話をつけてある。人さらいなんて、あたしがするわけないだろう」

自分の子でさえ売りそうな顔をしているくせに、おかねは善人ぶったことを言っている。

しかも、よく聞けば、さらいはしないが親に銭を払い連れて来たということであり、やっていることは女衒《ぜげん》と変わりがない。

当のりんは、おとなしい娘らしく、おかねと佐平次が言い争っている中、一言も口を利こうとしない。

「おかね、おめえな――」

佐平次が文句を続けようとしたとき、薄暗くなりつつある大川堤に、

「りんちゃんッ」

と、叫び声が響いた。

――また、何か来たねえ。

――お若い殿方みたいですね。

オサキと江姫が、そんなことを言っている。

見れば、十七、八の大工の見習い姿の若者がこちらを睨みつけている。

「伊之助《いのすけ》さん……」

りんの口から男の名前が零れ落ちた。

「あの性悪がッ」

おかねが若者を見て罵《ののし》り出す。

「何か事情がありそうだな」

と、佐平次は娘に話しかけるが、りんは魂が抜けたように若者――伊之助を見つめているだけで、返事をしようとしない。

伊之助に駆け寄りたそうな素振りを見せているものの、おかねのことが怖いのか足を動かそうとしない。

しばらく、りんと伊之助は、心中芝居のように見つめ合っていた。

やがて、後ろ髪を引かれながら、伊之助は薄闇の中へ消えて行った。

りんの顔は仕立てのいい紙のように白くなっていた。

「いい加減におし」

おかねがりんを叱りつけようとすると、どこからか鈴の音が、

ちりん、ちりん――

――と、聞こえて来た。

三

暖かい季節とはいえ、さすがに、まだ風鈴は早い。吊《つ》るしている家など、どこにもあろうはずがなかった。

しかも、その鈴の音は少しずつ近づいて来ている。

――また変な女《の》が来たねえ。

オサキの言葉を追いかけるようにして、佐平次が舌打ちした。

「日本橋《にほんばし》の湊屋《みなと》の馬鹿親父に娘の薄雲《うすぐも》だ。番頭の文吾《ぶんご》までいやがるぜ」

周吉は佐平次の言葉に誘われるように、その視線を追ったが、一行を見たとたん、

「うへぇ」

と、おかしな声を出してしまった。

何しろ、着物と簪《かんざし》のかたまりが歩いているのだ。

――何だか重そうだねえ。

――首が疲れてしまいそうですね。

オサキと江姫に心配されるほどたくさんの簪を、その女――薄雲は髪に挿していた。

見れば、その中のひとつに細工を施した鈴がついており、薄雲が歩くたびに、ちりんちりんと音を立てているのだ。

これまで周吉が薄雲を見たことがなかったのは、住んでいるところが違い、湊屋が日本橋にあるからであった。

薄雲のことは知らぬが、日本橋の湊屋といえば、押しも押されもせぬ大店で、店の名は周吉でも知っていた。

鵙屋を五、六軒並べたような店構えであるという。

――鵙屋は小っちゃいもんねえ、ケケケッ。

本所深川では名の通った鵙屋であったが、日本橋あたりの大商家と比べると、どうしても見劣りしてしまう。

それはそれとして、濃い化粧でよく分からぬが、周吉の目には、薄雲は自分より年上、少なくとも二十歳より上に見える。大店の娘が、そんな年になるまで嫁に行かないのは珍しい。たいていは、十四、五で嫁に行くか、婿を取る。

――白粉《おしろい》を落とすと、化けものみたいな顔じゃないのかねえ。

オサキは意地が悪い。

仮に、薄雲が人三化七《にんさんばけしち》の残念な容貌だとしても、湊屋ほどの店なら婿入りしたい男は、いくらでもいるはずだった。何しろ、日本橋でも一目置かれるほどの大店の主人になれるのだから――。

周吉の怪訝な顔に気づいたのか、佐平次が言った。

「湊屋の娘に生まれて、佐兵衛《さへえ》みてえな父親を持ったのが、不幸のはじまりってやつですよ」

「不幸って、大店のお嬢さんなんですよねえ……」

周吉には佐平次の言っている意味が分からない。

――親を選ぶことはできませんものね。

と、江姫だけがうなずいている。

「馬鹿な親父殿じゃな。商人のくせに娘かわいさに損得の勘定もできなくなりおった」

湊屋佐兵衛のことをおかねがせせら笑っている。どうにも毒がある。

「おかね婆さんの商売敵だものな」

佐平次が、珍しく皮肉を言った。

「商売敵？　仲人ですかい」

すると、佐兵衛も仲人屋をやっているのだろうかと周吉は思う。

「まさか」

相変わらず、何も知らねえ手代さんだな――。佐平次の顔には、そう書いてあった。

「へえ。あいすみません」

「謝られても困っちまうがね」

それから、ため息をひとつつくと、佐平次は順序立てて説明してくれた。

花見の季節になると、江戸中で、花見に託《かこつ》けた女比べが行われているが、佐兵衛と薄雲の親子は店を古株の番頭に押しつけ、女比べに参加しているらしい。

「そんなに結婚したいんですか」

「もともとは結婚したかったんだろうな」

佐平次は言う。やけに「もともとは」という言葉に力を入れている。

「今は違うんですか」

「薄雲は結婚してえみてえだが、佐兵衛は何のために女比べへ出ているのか忘れちまったようだな」

と、むっつりしたまま、佐平次は言った。

湊屋は代々続く老舗《しにせ》であり、佐兵衛が生まれたときから大店だった。

大店では珍しくないことだが、湊屋にも商売上手の古株の番頭がいて、若旦那の佐兵衛の出る幕はなかった。

佐兵衛の父も、店を古株番頭に任せ、「寄り合いだ、付き合いだ」と言っては遊び回っていた。若く金のある佐兵衛が吉原《よしわら》に入り浸るようになったのも当然のことだった。

しかし、吉原の遊女は気位が高い。どんなに銭を持っていようとも、気に入らぬ男には肌を許すどころか、愛想笑いひとつ見せやしない。

甘く甘く育てられた佐兵衛が、そんな吉原で、もてるはずもない。自分を構ってくれぬ遊女相手に癇癪《かんしゃく》を起こしては、ますます吉原の粋筋の客や遊女に笑われていた。

そんなわけで、佐兵衛は吉原通いをやめ、親の決めた相手と夫婦になり、ふたりの間に娘ができた。

――と、ここで終われば、遊び下手の若旦那が吉原でしくじり、収まるところに収まったというよくある話なのだが、佐兵衛はとんでもないことをはじめた。

生まれた娘に〝薄雲〟と、遊女の源氏名のような名をつけ、周囲を唖然《あぜん》とさせた上に、娘の薄雲が年ごろになると、派手な着物と簪で着飾らせ、そこら中の女比べを渡り歩くようになったのだった。文吾という名の真面目そうな若い番頭までお伴に連れ歩いている。

「白粉なんぞ塗らなくても、十分、きれいだったんだけどねえ」

おかねは言った。長い間、仲人をやっているだけあって、大店の娘事情には詳しいらしい。

「なまじ器量がよかったのも、薄雲には不幸だったたな」

佐平次が言葉を続けた。

湊屋の娘ということもあり、薄雲を見初めた男も、ひとりやふたりではなかった。

中には、

「湊屋の財産などいらぬから、薄雲と一緒にさせてくれ」

と、土下座をした男も少なくなかったという。

それを佐兵衛は片っ端から、ばさばさと断り、

「野暮な男はお断りだよ」

かつて吉原で言われた台詞を、そっくりそのまま口にしていた。

そのくせ、見合いの席でもある女比べに出ることは、やめようとしない。言ってしまえば、金持ちの道楽であったが、縁談をまとめて銭をもらっているおかねのような仲人にしてみれば、薄雲は邪魔で邪魔で仕方がない。

「男なんて浮気なもんで、器量のいい女を見ればでれでれしおる」

おかねは吐き捨てた。

かつて薄雲のせいで、縁談が壊れたことがあるようだ。——佐平次が商売敵と言うのも、うなずける。

そんな人間たちの生ぐさい話に疲れたのか、江姫がため息をついた。

「手代さん、もうちょいとだけ、あっしと付き合ってくんな」

見廻りを終えて、鵙屋へと帰ろうとしていた周吉を佐平次が呼び止めた。何やら話

があるらしい。

――おいら、もう帰りたいよ、周吉。

欠伸をしながら、オサキが懐で騒ぎ出す。オサキの姿は普通の人には見えぬし、その声が聞こえる相手も限られている。佐平次には見えていないはずだった。

――江姫様も帰りたいって言ってるねえ。

薄雲の話を聞いて黙り込んでしまった江姫まで勝手に巻き込んでいる。しかも、オサキのいい加減な言葉を聞いても、江姫はため息をつくばかりで何も言わない。

（どうしたのかねえ……）

江姫の様子が気にはなったが、今は目の前に佐平次がいる。幽霊相手に事情を聞くわけにはいかない。しかも、

（飴細工の親分さんも、今日はおかしいねえ）

佐平次ときたら、四六時中、不機嫌な顔をしている。ただでさえ、子供が泣き出すほど怖い顔なのに、今日はにこりともしない。こちらも、何か事情がありそうだ。

――周吉、鵙屋へ帰ろうよ。おいら、お腹空いたねえ。

オサキはオサキで、腹が減った、腹が減ったとうるさい。

周吉としては佐平次の不機嫌さが気になったけれど、オサキに騒がれるのも閉口も

のだった。

今日のところは帰ります。そう言いかけたとき、佐平次の言葉が聞こえた。

「ちょいと旨《うめ》え稲荷《いなり》寿司の屋台があるんでさあ。そこで、稲荷寿司でも、つまみながら話しやせんか」

周吉が返事をするより先に、オサキが懐からぴょんと飛び出して、

――おっかない顔の親分さんは粋だねえ、ケケケッ。

と、佐平次の方へ、ちょこまかと歩いて行った。

(オサキ、おまえねえ……)

と、文句を言いかけた周吉を気にもせず、

――周吉、早く行こうよ。おいら、待ちくたびれちまうねえ。

そんなことを言うのだった。

四

稲荷寿司の屋台は、大川堤から四半時ばかり歩いたところにあった。

源平の合戦のころから、ずっと生えていそうな大きな桜の木の陰に隠れるように小

さな屋台が置かれている。知らなければ、通りすぎてしまいそうなほど小さく目立たぬ屋台であった。

——こんなところに、こんな乙なお店があったなんて、おいら、知らなかったねえ。

何が乙なのか分かったものではないけれど、屋台の周囲を歩き回っては、鼻をひくひくさせているところからすると、旨そうなにおいが漂って来ているのだろう。

——ここの稲荷寿司は旨いと思うよ、おいら。

オサキが真面目な顔で、そんなことを言う。狐《きつね》の化けものだけあって、油揚げの類にはうるさい。

「江戸で、いちばん旨え稲荷寿司を食わせるぜ」

佐平次もそう言うが、その割にひっそりしていて、到底、流行《はや》っているようには見えない。

「邪魔するぜ」

慣れた仕草で、佐平次が暖簾をくぐり、周吉も続いた。

暖簾をくぐって、屋台の主人を見たとたん、オサキが騒ぎ出す。

——周吉、狐だよ。狐がいるよ。

見れば、暖簾の先に狐の面を被《かぶ》った男が立っている。

「こいつは親分さん」

と、狐の面の男は言うと、その面を取ってみせた。

——やっぱり狐だねえ。

オサキの言葉に周吉は吹き出しかけた。狐の面を取っても、あまり変わらない。細面の顔に、目がつんと吊り上がっていて、さっきまで被っていた狐の面そっくりの顔である。

「いらっしゃいまし」

狐目の主人は愛想がいい。細い吊り目のせいで、常に穏和に笑っているように見える。

きょとんとしている周吉を見て、佐平次がにやりと笑った。

「狐の稲荷寿司屋なんて粋だろ」

本所深川の元締めである佐平次が旨いと言うだけあって、狐の稲荷寿司は絶妙の味だった。柔らかすぎず、硬すぎず、口の中で飯粒がほろりと崩れた。

「旨いですねえ……」

周吉は正直に言った。

「若いお客さんには、硬く炊いた酢飯を使っておりやす」

狐目の主人は、にこにこと笑いながら、そんなことを言う。聞けば、客によって、味つけから飯の硬さまで変えているらしい。

「手間のかかるこったな」

と言いながらも、佐平次は稲荷寿司を頬張る。

不機嫌だったはずの佐平次が、にやりと笑うくらいなのだから、お気に入りの店なのだろう。

——周吉、おいらにもおくれよ。

(お土産をもらってあげるからね)

まさか佐平次の前で、オサキに稲荷寿司を食わせるわけにはいかない。

一刻も早く稲荷寿司を食いたがっているオサキには悪いが、待っていてもらうしかなかった。

もちろん、オサキは納得しない。屋台のまわりを、ちょこまかと歩きながら騒ぎ立てている。

——おいら、お腹が空いたねえ。

うるさいオサキに周吉が閉口していると、目の前に、親指ほどの大きさに握った稲荷寿司の皿が置かれた。

「こいつをどうぞ」

狐目の主人が笑っている。

「え？」

周吉が聞き返そうとしたときには、すでに、こちらを見ていない。知らん顔で、佐平次相手に桜の見ごろの話をしている。

この狐目の主人には、オサキの姿が見えているのだろうか。他に考えようがなかったが、狐目の主人の様子を窺っても、細い目の奥で何を考えているのか分からない。

周吉が首を傾げ考え込んでいると、オサキが、

——早く稲荷寿司をおくれよ。

と、うるさく催促しはじめた。

佐平次は狐目の主人との話に夢中で、小さな稲荷寿司にも気がつかず、周吉のことも見ていない。

周吉は小さな稲荷寿司の皿を、そっと地面に置いた。

とたんに、オサキが、

——ケケケッ。

と、うれしそうに笑い、稲荷寿司にかぶりつく。

狐目の主人が、そんなオサキの食いっぷりを見て、細い目を、さらに細めた――ような気がした。

「酒はいいから、熱い茶をくんな」

佐平次は狐目の主人に言うと、改めて周吉のことを見た。

稲荷寿司を食い終わると、再び、佐平次の顔はむっつりと渋くなった。よほど気に入らぬことがあるのだろう。

佐平次を見慣れた周吉の目から見ても、今日の佐平次は、いつにも増して怖い顔をしている。

「ずいぶん、おっかない顔をしてますね」

狐目の主人が、おっとりとした口調で言って、周吉と佐平次の前に茶を置いた。

「疱瘡婆の女さらいの一件の話だ」

佐平次は切り出した。自分の話とでも思ったのか、それまで桜の木の近くで花びらを見ていた江姫がふらりと屋台のそばへやって来た。

「疱瘡婆って化けものですか」

狐目の主人が口を挟む。

「この世に化けものがいると思うかい」

佐平次が聞き返す。

「さあ、あっしに難しいことを聞かねえでおくんなせえ、親分さん」

狐目の主人は、オサキと江姫をちらりと見るようにしてから、大川で皿を洗って来やすと姿を消した。

「ここだけの話ですが、手代さん」

思わせぶりに、佐平次は間を置き、言った。

「女さらいの下手人《げしゅにん》は、疱瘡婆なんて輩《やから》じゃなく、人のしわざと睨んでおりやす」

「下手人の心当たりがあるんですか」

周吉は聞いてみる。

ろくでなしの父親のせいで、うやむやになっていたが、消えてしまったお八重のことも忘れていたわけではない。

「あっしは小暮祐三郎のしわざと睨んでおりやす」

佐平次は言った。

「小暮祐三郎？」

女比べの主役のように言われている男だ。

いくら、ここだけの話でも、武士を下手人扱いとは穏やかではない。ましてや、周吉の知っている佐平次は、何の証拠もなく、他人を犯人扱いする男ではなかった。

周吉は佐平次のしかめっ面をまじまじと見た。

「あんな嫌な野郎はいやしねえ」

佐平次は吐き捨てた。さっきからの仏頂面の訳は、小暮祐三郎とやらにあるらしい。

聞けば、この小暮祐三郎は、いわゆる不良旗本で、武家社会のみならず町人の間でも評判の悪い男だった。

さらに、このごろでは、親へいかさま博奕を仕掛けて、借金のかたにその娘を弄び、しまいには売り払うという悪事まで働くようになっているという噂まであるらしい。

「そんなお人なんですか」

周吉は驚いた。

「そんなお人なんですよ、手代さん。今度の大川堤の女比べで一等を取る女も危ねえと睨んでやす」

――困ったねえ、ケケケッ。

小さな稲荷寿司をたらふく食って、満足げなオサキがしきりにからかって来るが、周吉は返事をするどころではない。小暮祐三郎が姿を見せる女比べには、お琴も別口の見合いながら行くことになっているのだ。

すっかり黙り込んでしまった周吉を心配したのか、佐平次が顔を覗き込む。

「どうかしやしたか」

「へえ……」

気の抜けた返答しかできやしない。

本所深川小町と呼ばれているお琴のことだから、女比べでも目立つだろう。

周吉の目には、先刻のりんや薄雲なんぞより、お琴の方が、ずっと器量よしに見える。

「――だったら、見合いへ行くなって言えば、いいじゃないですか」

穏やかな声が周吉の耳に割り込んで来た。

いつの間にやら、大川へ皿洗いに行ったはずの狐目の主人が屋台へ帰って来ている。

「藪《やぶ》から棒に何の話だ」

佐平次が顔をしかめた。

「手代さんが塞ぎ込んじまった理由《わけ》ですよ、親分さん」

狐目の主人は、どこで聞いたのか、お琴の見合いの一件を佐平次に話して聞かせる。

お琴が女比べに出ることも、周吉の婿入りの噂も、本所深川では知らぬものがいないくらい有名な話であったが、細い目でしゃべられると、すべてを見透かされているような気になってしまう。そんな心持ちにさせるところは、誰かに似ている。——その誰かは、すぐに思い当たった。

（ああ、鶪屋《うちや》のおかみさんに似ているんだ）

周吉は、しげ女のことを思い出す。

そんな周吉の思いを尻目に、佐平次は狐目の主人の話を聞いて、納得したようにうなずいた。

「お琴さんを女比べなんぞに出しちゃならねえよ、手代さん」

すると、自分で言い出したくせに、狐目の主人は、佐平次の言葉に反対する。

「奉公人が、お店のお嬢さんの見合い話に口を挟めるわけないですよ」

しかも、周吉は安左衛門の縁談を、のらりくらりと避けている。今さら、見合いの席でもある女比べに行くなとも言えない。自分でも情けないことは承知している。

——好きなら好きと言えばいいのに。

——周吉は気が小っちゃいからねえ、ケケケッ。

魔物と幽霊にも、そんなことを言われる始末。

それにしても、オサキと江姫はともかく、狐目の主人は、いろいろなことを知りすぎている。ただの屋台の主人だとは思えない。

「佐平次さん、このご主人はいったい……?」

と、佐平次と狐目の主人を交互に見ながら聞いてみた。

佐平次は人の悪そうな笑みを浮かべ、見るからに悪人顔で言った。

「どこぞの稲荷の狐じゃねえのか。みんな揃《そろ》って化かされていたりしてな」

狐目の主人の正体を知っているくせに、教えぬつもりらしい。不思議顔の周吉を面白がってか、佐平次が軽口を続ける。

「手代さんが食ったのも、稲荷寿司じゃねえで、泥の団子かもしれねえですぜ」

——おいら、変なものを食べたのかねえ。泥の団子なんて食べたくないねえ。

泥どころか、石見《いわみ》銀山《ぎんざん》の鼠とりの毒を食っても平気なくせに、オサキが真顔で心配している。

狐目の主人は佐平次の軽口に付き合わず、

「女さらいの黒幕が小暮祐三郎かどうかは分かりやせんが、女比べで一等になるのは危ないでしょうね」

と、言った。さらに、意味ありげに狐の面を被ると、こう付け加えたのだった。

「まだ一騒動も二騒動もありそうですな」

# 四　消えた疱瘡地蔵

## 一

その翌日、周吉が鶍屋の前を掃除していると、慌て顔の侘助が通りかかった。

急ぎ足の岡っ引きを捕まえて聞いてみた。

「何かあったんですか」

「おう、手代さん、とんでもねえことが起こったんだ」

「とんでもないこと？」

見れば、侘助だけでなく、本所深川の連中が、ばらばらと走って行く。周吉の目には、疱瘡地蔵へ向かっているように見えた。

大騒ぎを聞きつけ、奥から安左衛門が顔を出し、細い目を見開くように丸くした。

それから、こう命じた。

「周吉、ちょいと様子を見てきておくれ」

見当に違《たが》わず、侘助や本所深川の連中が向かっていたのは、疱瘡地蔵だった。走っているうちに、見慣れた疱瘡地蔵が見えて来ると思いきや、

「あれ？」

周吉は足を止めてしまった。

――地蔵がどこかに行っちまったねえ。

懐から、ちょこんとオサキが顔だけ出して、きょろきょろと周囲を見回している。

魔物が驚くのも無理はない。置かれていたはずの疱瘡地蔵がないのだ。

疱瘡地蔵は江戸に疫病が入らぬようにしてくれる守り地蔵――。それが消えてしまったというのだから、騒がぬ方がどうかしている。

「瓦版売り連中が、ろくでもねえことばかり書きやがるから、どこかに行っちまったんだ」

「とんでもねえことになっちまったな」

「疫病で、みんな死んじまう」

口々に喚《わめ》き立てている。

「落ち着かねえか」

と、侘助は、町人たちを宥《なだ》めるだけで手いっぱいで、疱瘡地蔵の鎮座跡を見る余裕もない。

――どこに行っちまったのかねえ。ケケケッ。

疱瘡地蔵が消えるなんぞ考えもしなかった周吉は、口をあんぐりと開けたまま、騒ぎを見ていた。

そんな中、静かに江姫の小袖だけが、疱瘡地蔵の鎮座跡で、
ひらり、ひらり――

――と舞っていた。

さらに騒ぎは続いた。

「親分ッ、侘助の親分、大変《てえへん》だッ」

と、大川堤近くの茶屋のじいさんが駆け込んで来た。

「今度は、いったい何でえ」

さすがの侘助もうんざりした声を出す。うるせえと言わんばかりだった。

しかし、茶屋のじいさんは黙るどころか、いっそう大声を張り上げた。

「大川に女の死体《おろく》が浮かんでるぜッ」

二

「女比べなんぞ、やっている場合じゃねえだろう」

そのまた翌日、見廻りしながら佐平次が零した。

お八重たちと疱瘡地蔵の消失に加え、大川に女の死体が浮いたことにより、本所深川は異様な雰囲気に包まれていた。

死体は本所深川の人間ではないらしく、見おぼえのない女だった。

女の死体の首に包丁で切ったような傷跡があったことから、

「疱瘡除けの呪いに血を抜かれちまったんじゃねえか」

と、騒ぎ立てる連中までいた。

赤い色が疱瘡に効くという言い伝えから、生娘の血が疱瘡除けになると怪しげなことを口にする老人もいるくらいなのだ。おかしな噂が飛び交うようになるのも仕方がない。

——そんなの迷信なのにねえ。ケケケッ。

オサキはいつも通り性悪だったが、江姫は、すっかり塞ぎ込んでしまっている。

(自分を祀った地蔵が消えちまったんだものねえ)

周吉には江姫が塞《ふさ》ぎ込むのも当然に思えた。

一方で、佐平次は腹を立てている。

「女を大川に捨てやがったのも、小暮祐三郎に決まってるぜ」

本所深川で旗本の次男坊三男坊の評判は、あまりよろしくない。

それも無理のない話で、この連中、旗本という身分を笠に着てろくなことをやらない。

下手に身分が高いものだから、町人たちも奉行所の連中も見て見ぬ振りをした。

次男坊三男坊は、家を継げるわけでもなく、養子口をさがさなければ、部屋住みという名の厄介者——。生まれたのが、長男より、ちょいと遅いだけで邪魔者扱いされるわけなので、鬱憤がたまるのも仕方のない話だ。

しかし、鬱憤晴らしの割を食う町人たちにしてみれば迷惑この上ない。佐平次のような地元の顔役が不良旗本を嫌うのも当然であった。殊に女癖の悪い小暮祐三郎には、町場の娘が、ずいぶん泣かされているらしい。

「女を嬲《なぶ》りものにしたあげく、殺しちまったんだろう」

佐平次は小暮祐三郎を下手人と疑っている。

小暮祐三郎が本当に下手人なのか知らぬが、ここまで聞かされては、周吉も穏やかではいられない。

が、どんなに心配しても、縁談を断った手前もあり、奉公人の身で「見合いへ行くな」などと言えるわけがなかった。

（お琴お嬢さんが、一番、目立つに決まっている）

周吉にとっては、動かしようのない事実だった。小暮祐三郎が佐平次の言うような悪党であれば、お琴の身が危うい。

もちろん、他の女が犠牲になればよいという話でもないが。

「女比べなんぞやめちまえばいいんだよ」

と、佐平次はくどいが、周吉も同意見であった。

言うまでもないことだが、佐平次にしろ周吉にしろ町人にすぎず、女比べをやめさせることなんぞできるわけがなかった。

桜は勝手に咲くものだし、それを見に行くのも各々《おのおの》の自由。女比べといっても、しょせんは女たちが着飾って花見に行くだけのことで、他人が口を出すようなことではない。

佐平次とふたりで考え込んでいると、背中から馴染みのある声が聞こえて来た。

「おや、周吉に佐平次親分じゃないかい」

振り返れば、しげ女が小女《こおんな》のお静《しず》を連れて歩いている。ふたりとも余所《よそ》行きの着物を着ている。そういえば、歌舞伎見物へ行くと言っていた。

「へえ……」

なぜか、佐平次が周吉のような返事をし、しげ女から目を逸《そ》らしている。

——おっかない顔の親分さんも、おかみさんが怖いのかねえ。ケケケッ。

周吉の目の前でしげ女と佐平次がしゃべっているところは見たおぼえがなかった。

(誰でも苦手な人っているからねえ……)

周吉も辰巳《たつみ》芸者のように垢抜《あかぬ》けたしげ女の前では上がってしまい、しゃべりにくい。すっかり、おとなしくなってしまった周吉と佐平次に頓着する素振りも見せず、しげ女は言葉を続ける。

「今日も見廻りかい。まったく疱瘡婆だの女の死骸だのと物騒だねえ」

そのくせに、しげ女は悠々と歌舞伎見物なんぞへ行っている。安左衛門どころか佐平次よりも肝が据わっているように思える。

それはそれとして、しげ女とここで会ったのは好都合であった。小暮祐三郎の一件を話す恰好《かっこう》の機会である。佐平次が言ってくれれば、角も立たない。

しかし、周吉の思い通りには行くはずもない。

お琴お嬢さんを女比べに出すのはやめなせえ――。

そんな佐平次の台詞《せりふ》を待っていたが、いっこうに聞こえてこない。

ちらりと見れば、天下無双の男伊達《だて》で聞こえたはずの佐平次が、借りてきた猫のように小さくなっている。いくら、しげ女のことが苦手でも、ここまで萎縮する必要はない。

今回の一件には関係ないかもしれぬが、ふたりの間に何やらありそうである。

今はそんなことを考えている場合ではない。周吉はしげ女に小暮祐三郎の素行を説明し、おずおずと言った。

「女比べは危ないと思うのです」

「何を言っているんだい、周吉」

しげ女が呆《あき》れた顔を見せた。

「おまえがお琴と一緒になってくれないから、見合いなんぞする羽目になったんじゃないかい」

そう言われてしまうと、言い返せない。

「うちの安左衛門だって、もちろんお琴だって、おまえに婿入りして欲しいんだよ。それくらい分かってるだろう」

「へえ……」

周吉が俯《うつむ》いてしまうと、しげ女は、仕方のない男だねえと苦笑いし、思いもしないことを言い出した。

「お琴をとられたくないなら、あの娘より目立つものを女比べに連れて行けばいいじゃないか」

「しかし――」

お琴を危険に晒《さら》すのは嫌だったが、身代わりに他の女が危ない目に遭うというのも、しっくり来ない。

ましてや、お琴は〝本所深川小町〟と呼ばれるほどの器量よし。簡単にお琴より器量のよい女が見つかるとは思えなかった。

主な本所深川中の女を見知っているはずの佐平次も渋い顔で、

「そいつは無理な相談ですぜ。お嬢さんより見映えのいい女なんて本所深川にはいねえですって」

　などと、ぶつぶつ言っている。

「それがいるんだよ」

　しげ女は断言すると、お静から何やら荷物を受け取った。歌舞伎土産の役者の錦絵のようだ。

　しげ女は、その錦絵をふたりの前に広げて見せた。

　――この絵の人は、お琴よりきれいだねえ。

　生意気にもオサキが器量の品定めをした。

　周吉の好みではないが、言われてみれば、ほんの少しだけ、お琴より色気と華があると言えなくもない。しかし、

「こいつは濱村屋《はまむら》じゃねえか」

　江戸で一番の女形、瀬川菊之丞《せがわきくのじょう》の錦絵である。

「お琴より美形《うえ》だろう？」

　しげ女は言うが、周吉には意味が分からない。男か女かは措いておくとしても、人気の歌舞伎役者が大川堤の見合いなんぞへ行くはずがない。

　誰が聞いたって、しげ女の考えはさっぱり分からないだろう――。それなのに、

「なるほど、そういうことかい」

と、佐平次が膝を打っている。しかも、お静までが、周吉を見て納得したかのように、大きくうなずいている。

訳が分かっていないのはどうやら周吉ひとりであるらしい。

――鈍い周吉だねえ、ケケケッ。

オサキにまで笑われる始末。

周吉は憮然《ぶぜん》となり、ちょいとばかり不機嫌な声を出してしまった。

「この錦絵がどうしたって言うんですか」

すると、佐平次はにたりと笑い、周吉にこう言ったのだった。

「手代さんが女比べに出るんですよ」

三

男が女の姿をするのは女形に限らず、珍しいことではない。

素人芝居で男が女役を演じてみたり、物売り連中も客寄せの趣向で女に化けてみたりする。

しかし、それらは洒落好きの粋な江戸っ子の遊び心で、野暮天で田舎育ちの周吉には理解のできぬことだった。

もののけ部屋に戻って来るなり、周吉は嘆いた。

「女形の真似《まね》なんぞできないよ」

——嫌ならやめておけばいいと思うよ、おいら。

オサキは欠伸を噛み殺している。

「でも、お嬢さんが——」

自分で嫌だと言ったくせに、周吉は煮え切らない。

女の恰好をして女比べで一等を取れるか分からないが、他にお琴を危険に晒さない方法が思いつかない。

しかも、佐平次は、周吉を女比べに出すというしげ女の案に、すっかり乗り気で、周吉の言葉も聞かず、衣装をさがしに行ってしまった。

女の恰好をして、大勢の前を歩くなんぞ考えただけで、冷や汗が出る。化粧をしたくらいで、男であることを隠せるとも思えなかった。

「無理だよ。笑われちまう」

——そうだねえ、笑われちまうねえ、ケケケッ。

お琴を危険な目に遭わせたくないが、女の身形《みなり》をするのもごめんだ――。周吉は居ても立ってもいられなくなり、オサキを懐に入れたまま、暮れかけた鵙屋の庭へ出た。

鵙屋の庭には〝鵙屋の桜〟と呼ばれる立派な枝ぶりの桜の木があり、満開の花をつけている。その桜を江姫が、たったひとりでぼんやりと眺めている。

周吉とオサキがやって来たことに気がついたのか、江姫がふたりを見た。いつにも増して、憂いに沈んだ顔をしている。

何を考えたのか、オサキが懐からぴょんと飛び出し、江姫に話しかける。

――桜が好きなんだねえ。

すると、江姫はオサキをまじまじと見たかと思うと、なぜか魔物に頭を下げ、こんなことを言ったのだった。

――助けてくれてありがとう、テンコク。

# 五　テンコク

## 一

慶長三年、西暦でいうと、一五九八年。天下人であった豊臣秀吉が病死した。

すると、戦国の世のならいとばかりに、それまで秀吉に服従していた徳川家康は天下取りに名乗りを上げた。

こうして時代は天下分け目の合戦、関ヶ原の戦いへと流れて行く。

しかし、豊臣家と戦う前に、家康には解決しておかなければならない問題があった。

秀忠と江姫を取り戻すことである。

このとき、秀忠と江姫は秀吉のもと、伏見城で暮らしていた。体のいい人質で、徳川が天下を取るためには、豊臣と戦《いくさ》をせねばならず、すると秀忠と江姫の命は危険に晒されてしまう。

この点、家康は苛烈だった。

「自分の力で戻って来い」

と言って助けを差し伸べようとしなかった。

律儀なだけが取り得のように言われている秀忠であったが、そこは家康の血を引く男。わずかな供回りを連れ、さっさと伏見城を出ると江戸城に帰還してしまう。

女連れは目立つし、足手まといになる。江姫は伏見城に残された。

江姫に従うものも女しかいなく、城を抜け出すことだって容易なことではなかった。たとえ城を抜けられたとしても、道中に何が潜んでいるのか分かったものではないのだ。

それでも逃げるしかなかった――。伏見城にいては、敵となった豊臣にいつ殺されるか分からぬ。

江姫はわずかな、それも女ばかりの供回りを連れて城を抜け出した。

どうにか抜け出すことができたのは、姉である淀が何らかの手心を加えてくれたからなのかもしれない。

いくら粗末な着物を纏《まと》っても、戦国屈指の佳人と呼ばれた江姫の気品は隠し切れるものではなく、人目につけば身分のある女と知られてしまい、どんな目に遭うか分かったものではない。

だから、江姫たちは人目を避け、わざと人の住まぬ山道を選んだ。――それが間違いであった。

人の住まぬところには妖が棲んでいる。

その山にも、妖狐と呼ばれる人喰《く》い狐が何匹も棲みつき、迷い込んだ人間を闇に引き込んでは喰らっていた。

妖狐が江姫たちに気づかぬわけがない。

月も見えない暗い夜、江姫たちは、何十匹もの妖狐どもに取り囲まれていた。

供回りの女たちは懐刀を手に江姫を守ろうとしたが、歯の立つ相手ではない。

ひとり、ふたり、三人……と闇に引き込まれ、気がつけば、江姫はひとりになっていた。

江姫のことを嬲るつもりか、妖狐どもが闇から次々と姿を見せる。供回りの女たちを喰らったのか、妖狐からは血のにおいが、ぷんとした。

江姫は懐刀を取り出した。妖狐どもと戦うつもりではなく、自分の喉に突き立てるためである。

殺されるくらいなら、自分で死んでみせる——。そう思っていた。

妖狐にしてみれば、江姫は餌《えさ》にしか見えぬ。生きていようと死んでいようと、たいした違いはない。

唇を噛みしめ、懐刀を喉に突き刺そうとした刹那、

——剣呑なことをしているねえ、ケケケッ。

人のものとは思えぬ声が聞こえた。

いつの間にか、初雪のように白い狐が、ちょこんと立っていた。

人語を操るのだから、ただの狐ではあるまい——。江姫には人外のものの姿が見えた。この白狐も妖の類であろう。

訳の分からぬ化けものまで現れたとあっては、やはり逃げることなどできまい。

再び、江姫は懐刀を握る手に力を込めた。だが、

——ケケケッ。

白狐の笑い声が身体を縛りつけ、身動きひとつ取れない。妖だけあって、ろくでもない術を使うようだ。

「くっ」

せめて睨みつけてやろうと、白狐を見るが、ケケケッと笑うばかりで江姫のことを

見ようともしない。よくよく見れば、眉間の上あたりにぽつんと小さな黒点がある。

「殺すのなら、さっさと殺しなさいッ。この化けものが」

江姫は言い放った。

白狐は涼しい顔で言い返して来る。

——おいら、化けものじゃないよ。テンコクだよ。

化けものの名など知りたくもないし、話もしたくない。それなのに、白狐——テンコクは言葉を続ける。

——迷惑なんだよねえ。

言いたいことは、すぐに分かった。

村の近くで、名のあるものが死ぬと、村に迷惑がかかる場合が多い。

武家連中が、徳川家の姫君の死因を妖狐のせいと思うはずがない。間違いなく、犯人さがしをはじめるだろう。仮に、村人の誰かが疑われでもしたら、村全体が罰を食らいかねない。人に憑くテンコクにしてみれば、棲み家を荒らされるように思えるのだろう。

しかし、いけ好かない魔物どもに囲まれて迷惑なのは江姫の方だ。のんびりとしたテンコクのしゃべり方も癇《かん》に障る。

テンコクに痺《しび》れを切らしたのは江姫だけではなかった。

――おれたちの獲物に手を出すな、テンコクっ。

妖狐は怒声を上げると牙を剝き、テンコクへ飛びかかる。

見るからに獰猛《どうもう》そうな妖狐に対し、テンコクは仔狐《こぎつね》にしか見えない。しかも、のんびりと、

――面倒くさいねえ。

と、首をかしげているだけで戦うどころか逃げる素振りもない。妖狐どもがすぐそこまで迫っているというのに、テンコクときたら、

――ケケケッ。

と、笑っていた。

二

――おいら、テンコクじゃないよ。オサキだよ。

退屈したのか、話の途中でオサキが口を挟んだ。

周吉だって、ここまで聞けば、テンコクが妖狐どもから江姫を救った話だろうと予

想はつく。――予想がつかぬのは、テンコクとオサキの関係くらいだ。

――おいら、テンコクじゃないよ。

オサキは同じ言葉をくり返す。

周吉は祖父に憑いていた黒オサキのことを思い出す。テンコク、クロ、そして目の前のオサキは血が繋《つな》がっているのか、それとも同一の魔物が化けているのか――。周吉は色々なことを考える。しかし、魔物のことなど、人である周吉に分かるはずもなく、そもそも、どうして自分にオサキが憑いているのかも分かっていない。

その点、江姫は幽霊であり、人とは、見えるものも棲んでいる世界も違う。だから、オサキのことを知っているのかもしれぬ。

が、残念なことに、江姫もオサキも、それ以上、テンコクのことに触れようとしなかった。

それどころか、江姫は周吉を見ると、

――力を貸してはくれませんか。

と、頭を下げたのだった。

「力……ですか……？」

周吉は戸惑う。

遠い昔、江姫はオサキそっくりのテンコクに助けられ、その力を知っている。そして、今、何らかの厄介事に巻き込まれ、オサキの力を借りるために姿を見せた――。

これなら、辻褄《つじつま》が合う。しかし、

――周吉殿に力になって欲しいのです。

そう言われても、さっぱり分からない。

――オサキモチであるあなたの身体を貸して下さい。

「はあ……」

と生返事をする周吉に江姫は、もうひとつの昔話を話しはじめた。

――わたしには、志津という侍女がおりました。

○

家康が天下を取り、大坂の陣で豊臣を滅した直後のことだった。

人質として豊臣秀頼へ嫁がせた娘の千が、江姫のもとへ戻って来た。徳川家へ帰って来たのは娘だけではなかった。淀が疱瘡を患ったとき、見舞いとして渡した赤い小袖も江姫のもとに戻って来た。

姉の遺品であったが、江姫はこの赤い小袖を持て余した。いったんは燃やしてしまおうとまで思ったが、

「もったいのうございます」

と、侍女の志津が止めた。お気に入りの侍女ということもあって、江姫も、志津の遠慮のない言葉を許していた。

「でも――」

徳川に恨みを抱いて死んで行った姉の小袖など持っていたくはなかった。

「それならば、この志津に下さいませ」

と、子供がいたずらをするような顔で言い出した。

「志津に、ですか」

言ってしまってから、江姫は口を押さえた。いくら自分の侍女であっても、この言葉は失言だった。

疱瘡は移る――。そして、疱瘡は一度かかると二度とかからぬ病気であった。だから、侍女には、過去に疱瘡を患ったものを選ぶことも多く、秀忠の正室である江姫の侍女は疱瘡の経験者ばかり集めていた。

志津も幼少のころに、疱瘡を患い、顔中に痘痕が残っている。お世辞にも艶やかな

赤い小袖が似合う容貌ではない。

江姫の侍女の中でも志津は信頼され、重臣たちでさえ一目置く女だった。

しかし、自分の目鼻立ちを気にせぬ女は滅多にいない。

ましてや志津は江姫より、三つほど年上ながら、いまだに独り身——。どんなに明るく振る舞っていようと痘痕の跡を気にしないはずはない。

気まずい顔の江姫を気遣うように志津は、おおらかに笑って見せた。

それから、打って変わった小声で、江姫に耳打ちした。

「縁談の話が参りました」

微《かす》かに痘痕の跡が残る頬を染めた。

志津は自分の口から江姫に伝えたくて、側近たちに口止めをしていたらしい。しっかり者の侍女のくせに、志津には子供染みたところが残っていた。

「お相手は、どんな方なの」

ふたりしかいない気安さから、江姫は若い娘のような口を利いた。自分の縁談のように気分が浮き立っている。

「榊原《さかきばら》と申しますが……、身分もそれほど高くありませんし、冴《さ》えない殿方でございます」

口振りとは裏腹に志津の頬は、いっそう赤く染まっている。わざわざ聞かずとも、志津が縁談に乗り気であるのは一目瞭然だった。

志津は自分の夫となる男のことを、こんなふうに評した。

「真面目だけが取り得でございます」

その翌月、志津は嫁いで行った。有能な侍女である志津を惜しみ、江姫をはじめ誰も彼もが慰留したが、城から去って行ったのだった。

もちろん、江姫は将軍の正室なのだから、その気になれば、お上のご威光とやらで、志津を侍女に引き止めることくらいはできた。

しかし、江姫は過分の金を渡し、立派な嫁入り道具を用立ててやった後、件《くだん》の赤い小袖を志津に渡すと、こう言ったのだった。

「幸せになりなさい、志津」

よくない噂が聞こえて来たのは、志津が城から去って、三月《みつき》ほど経ったころのことだった。

志津と夫の榊原が離縁しそうだというのだ。

「いったい、どうして」

江姫は目を丸くした。

つい数日前、お忍びで新婚家庭を訪ねたばかりだ。

志津の言っていたように、榊原はおとなしく地味な男であったが、実直な性格のように思えた。志津を嫁にもらうことで株を上げ、昇進もしたと聞いている。

そんな穏やかな夫の隣で、志津は江姫のもとにいたとき以上に、よく働き、休むことなく動き回っていた。

幸せそうなふたりであった。それが別れるというのだ。にわかに信じられる話ではない。

事情を聞こうにも志津は、もう侍女ではないので、城へ来ることはない。

だから、江姫は志津の嫁ぎ先へと向かった。

三

志津は庭先にいた。

江姫の目には、昔ながらの志津で、これから夫と別れようとしている女には見えなかった。

しょせんは噂——。そう思い、町娘のような気安さで、志津に声をかけた。

「ねえ、志津」

しかし、志津は江姫の方を見ようともしない。静かな昼下がりのことで、江姫の声が届かぬわけはない。

それなのに、志津は返事もせずに仕事——よく見れば、荷作りを続けている。

（聞こえなかったのかしら）

江姫は志津の方へ歩み寄って行く。将軍の正室としては軽はずみに思えるが、戦国乱世を駆け抜けた江姫の腰は軽い。

「志津——」

と、もう一度、名を呼ぶと、ようやく志津がこちらを見た。

志津の視線に江姫は凍りつく。

そこには鬼がいた。

いつも朗らかだった志津の顔からは表情が抜け落ち、恨みの込もった、まるで鬼のような顔つきになっていた。

恨まれている——。そんな目で見られれば、すぐに分かる。が、志津に恨まれる理由が分からなかった。

浅井の女《むすめ》として生まれ、柴田《しばた》、豊臣、徳川と戦乱の世を渡り歩いた江姫は恨まれることに慣れていた。殺されかかったのも一度や二度ではない。しかし、それらは江姫の出自や身分への恨みである。志津の恨みの込もった目は、他の何かを睨んでいる。

「どうして──」

それ以上は言葉にならなかった。

志津も言葉を失った江姫を見ようとせず、荷物をまとめると、何処《いずこ》へともなく姿を消した。

後には江姫だけが、ぽつんと取り残された。

志津が懐刀で胸を突き、命を絶ったのは、その翌日のことだった。

将軍正室の元侍女が自害したのだから、噂にならぬ方がどうかしている。

江姫はいても立ってもいられなくなり、志津の夫の榊原を呼び出した。

すると、自害する前日、榊原は志津に離縁を申し渡していたという。──志津の死と無関係なはずはない。

人払いをすると、榊原を責めるように問い詰めた。

「他に女性ができたのですか」

はしたないと思いながらも、そんな言葉が口を突いた。

身分のある男が、妻の他に妾《めかけ》を持つなど珍しくもないことだが、志津の性格から見て、妾帯を許すとは思えない。

普通の男であれば、将軍の正室に問い詰められるなどということに耐えられるわけがなく、震え上がってしまうところだが、榊原は肝の据わった男らしく平然としている。平伏したまま、

「志津の他に女などおりませぬ」

と、落ち着いた声で答えた。――嘘をついている声ではない。

振り上げた拳の下ろしどころを失って、江姫は戸惑った。

しかし、榊原が志津と離縁したことは事実で、必ず何かの訳があるはずだった。

「では、どうして志津と別れたのですか」

「わたくしが至らぬためでございます」

榊原は顔を上げようとしない。

「至らぬとはどういうことですか」

江姫には、ふたりが似合いの夫婦に見えた。

覆水盆に返らず――。榊原を問い詰めたところで、志津は帰って来ないが、江姫は

納得できる説明を聞きたかった。

そんな江姫の思いが伝わったのか、榊原は大きく息を吐くと、面を上げて言ったのだった。

「志津は、わたくしめが恐れ多くも、江姫様に思いを寄せていると勘違いしたのでございます」

想像すらしなかった言葉に江姫は啞然とした。

「そんなことが――」

あろうはずがない。江姫は将軍の正室。思いを寄せて許される相手ではない。ましてや、榊原と会った数は、五指にも満たぬ。

「志津の思い違いでございます」

榊原は言った。

「なぜ、そんな思い違いを……」

聡明な志津の考えとは思えぬが、榊原が嘘を言っているようにも思えない。

それに、志津が榊原の思いに疑いを持っていたとしても、夫である榊原が否定してやれば済む話――。それがどうして離縁に至るのか分からなかった。

榊原は話を続ける。

「わたくしめに志津は過ぎた女房でございます。確かに――」

と、苦笑いを浮かべた。

「確かに、器量は上等とは言えませぬが、わたくしめも贅沢《ぜいたく》を言えた顔ではございませぬ。それに、器量のよい女など、どこにでもおりますが、志津ほどしっかりした女はおりません」

江姫にも異論はない。志津ほど有能な女は、どこにもいない。榊原だって、志津を嫁にしたことで、出世し上の役目に就くことができたはずだ。

「だから、縁を切ったのでございます」

榊原は言う。――江姫には「だから」の意味が分からない。

「夫である以上、志津に見合う男でなければなりません。志津を助けて導くのが、わたくしの仕事」

榊原の顔が苦く歪《ゆが》んだ。

「にもかかわらず、それがしは志津に助けられ、情けないことに女房殿の威光で出世する始末。男の面目がございません」

「そんな――」

ようやく榊原の言いたいことが見えて来た。

「志津に見合う男になるまで、待っていてもらおうと思ったのでございます」

榊原の目は曇りひとつない。

しかし、この理屈を納得する女はいるまい。

志津は離縁の理由を、自分の容貌のせいだと思い込んだ。

榊原が、離縁を言い出したのが、ちょうど江姫が訪ねるようになったころからだったので、志津は、

（夫が江姫に懸想した）

と、とんでもないことを思ったようだ。残した手紙にそんなことが書き連ねてあった。

恋は盲目というが、志津ほどの女が誤解から命を絶ったのである。

手紙の他にも志津が残したものがあった。遺品の中に、一度も袖を通さなかったであろう赤い小袖があった。

持て余した重臣たちは、志津の自害の一件を伏せたまま、赤い小袖を地蔵のよだれかけとして縫い直し、疱瘡除けの地蔵として江戸城のすぐ近くに祀った。カタチの上で祀られているのは江姫である。

しかし、疱瘡除けどころか、疱瘡地蔵を置いた後、城内に赤い小袖をまとった鬼婆

が出没し、江姫の息子の家光が疱瘡にかかるなど、祟《たた》りと囁《ささや》かれる事件が起こった。明暦の大火が起こると、これ幸いとばかりに疱瘡地蔵を本所深川の外れに移転してしまったという。

○

——志津に榊原の思いを伝えたいのです。そうすれば疱瘡を撒き散らすことなどやめ、成仏するはずだ——。江姫はそんなことを言った。

歳月は流れ、すでに榊原もこの世にはいない。一途な榊原は志津のことを思い、生涯妻を娶《めと》らず、朝に晩に仏壇に線香をあげてすごしたという。

きっと、あの世で志津を待っているだろう——。周吉にはそう思えた。だから、言った。

「早く話してあげればいいのに」

百年も二百年も志津を放っておく理由が分からない。

江姫は寂しげに微笑《ほほえ》むと、周吉に言った。

——近寄れないのです。

志津が姿を現すようになってから、何度も何度も志津に話しかけようとしたが、そのたびに逃げられてしまうという。

しかも、江姫は志津と異なり成仏できぬわけではない。桜の季節だけ、その花の力を借りて現世にやって来ているのだ。

そこそこ近づくことはできるが、話しかけるまで近づくことはできなかった。疱瘡の化身となった志津は、カタチの上だけとはいえ疱瘡除けとして祀られている江姫に気づいてしまう。

——妖気というものがあるのです。

オサキが妖狐に気づくように、妖は妖のにおいに敏感にできている。江姫の妖気に志津が気づくのは当然なのかもしれない。

——手代さん。

と、江姫は周吉のことを呼ぶ。

——あなたはオサキモチの血筋ですね。

周吉もオサキの妖気を身に纏っているらしい。

――そうみたいだねえ、ケケケッ。

オサキが勝手に返事をしている。

――その力を貸して欲しいのです。お願い致します。

江姫は周吉に頭を下げる。

「力って……」

――手代さんの身体を貸して欲しいのです。

オサキモチである周吉の身体に入ることによって、江姫自身の妖気を隠そうというのだ。

――お願い致します。

江姫は頭を下げた。

周吉が戸惑っていると、オサキが言った。

――頼まれちまったねえ、周吉。

四

「おとっつぁんなんて大嫌い」

鴫屋に帰って来るなり、お琴の声が周吉の耳を打った。

――相変わらず、うるさいお嬢さんだねえ。

オサキの言うように、お琴が騒がしいのは今にはじまったことじゃない。

しかし、いくらお琴でも自分の父親相手に大声を出したことはなかった。

「親に向かってその口の利き方はなんだ」

安左衛門も怒鳴っている。――どうやら、父娘喧嘩《おやこげんか》の最中らしい。

どんなに長く一緒にいても、周吉は奉公人。父娘喧嘩に割って入るわけにはいかない。

だが、立ち去ることもできず、父娘喧嘩を立ち聞きするはめになった。

――行儀の悪い周吉だねえ、ケケケッ。

オサキの相手をしている場合ではない。耳をそば立てるまでもなく、安左衛門の部屋では、お琴が泣き叫んでいる。

「お見合いなんてしたくないったらッ」

ますます立ち去りにくい話題であった。

――周吉のせいでお琴が泣いてるねえ。悪い周吉だよ、ケケケッ。

いつもなら聞き流せるはずのオサキの言葉が、やけに痛かった。

「あたしのことなんて、忘れちまえばいいのに」

と、周吉は小声でつぶやいてみたが、まるっきり、自分の声に聞こえやしない。

そんな周吉とオサキを尻目に、父娘喧嘩は続いている。

「親の言うことは聞くもんだ」

安左衛門は決めつけた。

いくら気が強くとも、しょせんは小娘。父親に頭ごなしに叱られては泣くことしかできない。それでも、

「だって、周吉さんが、周吉さんが」

と、名を呼び続けている。

ここまで自分を慕ってくれているお琴を危険な目に遭わせるわけにはいかない。女比べにお琴が出て、その挙げ句、小暮祐三郎に弄ばれるなんぞ想像するだけでも吐き気に襲われる。

真っ青になった周吉にオサキが言う。

――女比べに出るなら、着物を選ばないとねえ。ケケケッ。

「ちょいとしたもんだろう」

鵙屋の裏口で、佐平次が一枚の派手な着物を広げて見せた。薄雲も裸足《はだし》で逃げ出しそうなほど豪華絢爛《けんらん》に仕立ててある着物だった。

――見事なものですね。

江姫でさえ、佐平次の持って来た着物を見て目を丸くしている。

「十両や二十両じゃ買えやしねえですよ」

いくら積んだのか知らぬが、佐平次は相当に無理をしたらしい。

――へえ、金ピカピカだねえ。おいら、眩《まぶ》しいや。ケケケッ。

オサキも気に入ったようだが、肝心要の周吉は気が進まない。

「派手すぎやしませんかねえ」

女の着物を身につけるということだけでも恥ずかしいのに、佐平次の着物は目が潰れるほど煌《きら》びやかだった。

こんな着物で人前を歩くなんぞ、とんでもない――。女比べに出ることを決心したものの、周吉は尻込みしていた。

――往生際の悪い周吉だねえ。

オサキは面白がっている。

性悪のオサキは措いておくとして、男伊達の佐平次が選んだだけあって立派な着物であった。江姫でさえ目を丸くするのだから、明日に迫った女比べでも評判を取ることだろう。

「こいつを着て、がんばって下せえ、手代さん」

佐平次が上機嫌な声で言った。

## 五

草木も眠る丑《うし》三つ時のこと。

やたらと板についた黒装束でおかねは鴫屋に忍び込んでいた。

「邪魔ばかりしおって」

おかねは腹を立てている。

本所深川どころか江戸でも指折りの仲人おかねは、その名の通り、金を稼ぐことが大好きだった。

女比べでりんが一等を取れば、仲人おかねの名が、いっそう高まる。それなのに、佐平次や鴫屋のお琴が邪魔をするのだ。

最初は、この女比べに本所深川小町と呼ばれているお琴を連れて行くつもりでいた。

安左衛門ときたらそれを断り、片手間に仲人をやっている医者にお琴を預けたというのだ。

そもそも、おかねは医者というやつが大嫌いだった。

おかねの家にも病人がいて、医者に診せたが治らず金だけ取られたことがあった。

それ以来、おかねは医者という連中を信用していない。

「銭ばかり毟《むし》り取りおる」

黒装束まで着て忍び込んでいるくせに、ぶつぶつと独り言が多い。

おかねにとって、仲人は歴《れっき》とした商売であり、そこらの店と同じように仕入れもすれば、宣伝をはじめ、いろいろなことに銭も使う。

今回の女比べにも、お琴の代わりに、りんという小娘を仕入れて来た。ちょいとばかり田舎くさいところはあるが、素朴な美しさは、遊女のようなけばけばしい女たちの中で、必ず目立ち、大当たりをひくはずだった。

薄雲のようなゴテゴテした趣向の女に負けるはずはない。怖いのは、やはり鵙屋お琴である。

おかねは人を雇い、お琴のことをさぐらせていた。殊に、女比べにどんな衣装を着て来るのか知っておきたかった。

そうしたところ、鵙屋に出入りしている佐平次がとんでもなく華美な着物を手に入れて、鵙屋へ運び込んだという話が耳に入って来た。

玄宗などという医者も、黴《かび》くさい献残屋も怖くはないが、祭を仕切り、粋を知っている佐平次は、厄介な相手だった。

「りんには銭を使っているからのう」

おかねはつぶやく。

りんには伊之助という夫婦約束をした幼馴染みがいた。

おかねはりんの父が病弱なのにつけ込み、大枚を叩《たた》きつけ、りんを女比べに引っ張り出したのだ。りんが小暮祐三郎に見初められなければ、その銭は無駄金になってしまう。耐えられることではなかった。

鵙屋の事情は調べてあった。

先代の番頭が店を去ってから、主人夫婦の信用を一身に集めているのは、周吉という手代で、奉公人だが一人部屋を与えられているらしい。大川堤で佐平次と一緒にいた二枚目面のにやけた男だ。

その周吉とやらの部屋に、着物は置かれているらしい。火事が起こったときの備えとして、周吉に任せてあるのだろう。お琴では着物を持って逃げるまで気が回るまい。

商家に忍び込むのは難しいことではない。江戸の町では、泥棒よりも火事の方が被害が大きく、逃げ道を確保するために、さほど厳重に戸締まりされていない。

そもそも、夜四つをすぎてしまえば、木戸は閉まり、他所者は町に入って来られないのだ。言ってみれば、戸締まりは家ごとではなく、町全体でするものである。顔見知りどころか台所事情まで筒抜けの町内で泥棒を警戒する必要も少なかった。

おかねは、大泥棒よろしくするすると、もののけ部屋へと入って行った。

「草木も眠る」と言うだけあって、周吉はすやすやと眠っていた。

今まで手代など眼中になく、大川堤でもまともに見なかったが、こうして周吉の寝顔を間近で見ると、噂以上の美男子だ。

「眼福、眼福」

思わず、そんな言葉が口から飛び出した。

いくら美男子でも、いつまでも周吉を見ている暇はない。今は女比べが差し迫っている。後ろ髪を引かれる心持ちで、おかねは周吉から目を離し、目当ての着物をさがしはじめた。

狭い部屋のことで、すぐに着物は見つかった。

（こいつはたいしたものだね）

何十年も仲人をやり、美しい着物など見飽きているはずのおかねでさえ驚くほどの豪華な着物だった。

（ちょいと派手すぎて品がない気もするけどねえ……）

と、思いながらも、おかねは懐から、はさみを取り出した。

しかし、ぴたりとおかねの手は止まってしまい動かない。

さっさと切って帰らねば見つかってしまう——。それくらいのことは分かっていたが、物を無駄にするのが嫌いな性分が邪魔をして、はさみを動かすことができないのだ。

（もったいないのう……）

そうかといって、放っておいては、お琴がこの着物を身につけ目立ってしまい、りんの一等が危うくなる。すると、りんに使った銭が無駄金になってしまう。

ぐずぐずと迷っていると、周吉にかかっている布団が、いきなり、
ふわり——

――と浮いた。

「ひッ、化けものッ」

おかねは悲鳴を上げ、弾みで、はさみをちょきんと動かしてしまった。一度、はさみを入れてしまえば、後は何の躊躇《ためら》いもない。おかねは一気に着物を斬り裂いて、化けもののいるもののけ部屋から逃げ出した。

さすがの騒ぎに周吉が目をさましたらしく、逃げ出す間際のおかねの耳に、

「オサキ、何をやっているんだい」

寝惚《ねぼ》け声が聞こえた。

六

――おいら、知らないよ。

と、オサキは嘯《うそぶ》いている。

周吉は斬り裂かれた着物を前に呆然《ぼうぜん》としていた。せっかく佐平次が用立ててくれた着物が台なしになっているのだ。

「これじゃあ、女比べに出られないよ」

周吉は頭を抱える。

腕のいい縫い子なら、直してくれるかもしれないが、女比べはもう数刻後に迫っている。今からそんな暇はない。

「これじゃあ、お琴お嬢さんが……」

――困ったねえ、ケケケッ。

オサキは大口を開けて笑っている。

もののけ部屋の付喪神たちも、くすくすと笑っている。この連中ときたら、気紛《きまぐ》れにできている上に、周吉の困る姿を見て喜ぶ悪い癖がある。盗人《ぬすっと》が鵙屋に入ったというのに面白がって放っておいたのだろう。ものを盗まれて困るというのは人の都合であって、付喪神たちにはどうでもいいことだった。

「おまえらねえ……」

と、周吉は言ってやるが、付喪神たちは反省するどころか、いっそう大きな笑い声を上げる。

笑い続ける付喪神たちを尻目に、江姫が部屋に広げられている着物を見ている。

やがて、すうと一枚の着物を取り上げると、ゆったりとした笑みを浮かべて周吉に言ったのだった。

——よい着物がありました。

# 六　女比べ

一

穏やかな春風が頬を撫でる。雲ひとつない晴天の下、大川堤に、桜の花びらが、ひらひら――と、舞っている。

本所深川どころか、浅草や両国《りょうごく》からの見物客までもが大川堤に集まっていた。

小暮祐三郎は、すでに供回りの家臣を伴い、茶屋のいちばんよい席に座って、盃《さかずき》を傾けていた。これ見よがしに桜模様の扇子を閉じたり広げたりしている。その前を着飾った女たちが歩いて行き、気に入った女に小暮祐三郎が扇子を投げるという趣向である。

これから、大川堤の女比べがはじまろうとしている。

大川堤の河岸に、出場者ごとにいくつかの幕を張り、そこから女がひとりずつ出て来ることになっていた。ちなみに、この幕を隠し幕と呼ぶ。

江戸中から集まった見物客たちは桜餅を食ったり、酒を飲みながら女たちが隠し幕から出て来るのを待っていた。

前触れもなく、一人目の女がしゃなりしゃなりと姿を見せた。

中途半端な紫の振袖を着ている。

女比べのはじまりであった。

——お茄子《なす》みたいだねえ。

オサキは口が悪いが、言われてしまうと、確かに茄子にしか見えない。

「紫というのは悪くないが、ずいぶんと安い着物を選んだものだな」

小暮祐三郎は薄い唇に冷笑を浮かべている。気に入らぬようだ。

誰でも出ることのできる女比べだけあって、玉石混淆《ぎょくせきこんこう》——。本所深川の女たちは精いっぱい着飾り、大川堤にやって来ていた。

しかし、その多くは芸者でも遊女でもない、ただの町人の女で、目の肥えた小暮祐三郎は気に入らぬらしく、扇子を投げるどころか、にこりともせず、

「嫁は日本橋や浅草でさがした方がいいようだな」

と、言い出す始末。

これでは大川堤の女比べの名が廃《すた》る。興味すら示さず酒を呷《あお》るように飲む小暮祐三郎の姿に、本所深川の町人たちは歯ぎしりをしていた。と、そのとき、鈴の音が、

しゃりん、しゃりん――――

――と、響いた。


「ん？」

小暮祐三郎が酒から手を離し、女に目を向けた。

やって来たのは、湊屋の薄雲であった。

――何だか、すごいねえ。

オサキが懐から身を乗り出すようにして、薄雲の姿を見ている。

見物客たちも口をぽかんと開け、鈴を鳴らしながら歩いて来る薄雲を見ていた。

「おいおい」

佐平次が、大げさにため息をついた。

薄雲の姿は大川堤に集まった連中の視線を一身に浴びている。しかし、

「なんだ、ありゃあ」

「女……なのかい」

「浅草の見世物じゃねえのか」

――何だか重そうだねえ。

綺麗《きれい》だの粋だのといった、容姿をほめる評判が立たない。

美しくないわけではないのだが、ちょいとばかり薄雲は衣装を欲張りすぎていた。

膝丈もありそうな高下駄に、平安の世の十二単《ひとえ》のような重ね着をし、高く結い上げた髪には十も二十も簪を挿している。顔も元が分からぬほど白粉で白く塗られていた。

女ではなく、簪や着物が歩いているようにしか見えなかった。

小暮祐三郎が薄雲を見たのも、美しさに目を奪われたからではなかったらしい。例によって、薄い唇に意地の悪そうな笑みを浮かべると、薄雲に聞こえる声で、

「まるで化けものだな」

と、言ったのだった。

自分の容貌を貶《けな》されて喜ぶものはいない。ましてや、薄雲は、自分の美貌を自慢に女比べで評判を取った女。小暮祐三郎の言葉を、すんなり聞き流せるわけがない。

「そんな……」

と、つぶやくと、ぽろりぽろりと涙を零しはじめ、みるみるうちに、その涙は土砂降りになった。

白粉を塗っているときに涙は禁物——。女振りが下がってしまう。

しかも、日本橋で評判の美女であった薄雲も、今となっては娘とは言えぬ年齢で、白粉が剝げかけると、それなりに老けて見える。

薄雲の泣き顔を見て、小暮祐三郎は舌打ちし、聞こえよがしに言った。

「行かず後家が白粉で誤魔化しているだけではないか」

これも言ってはならないことである。

薄雲だって、賢いとは言えぬものの、丸っきりの馬鹿ではない。嫁に行く時期を逃し、女比べの女たちの中でも、一番年上になってしまったことくらい分かっていた。

家長である父の言いつけは絶対——。薄雲だって、そう思って女比べに出ていたに違いない。しかし、

「もうこんな衣装なんて着たくない」

薄雲の口から、ぽつりとそんな言葉が漏れた。

その言葉を聞いて、佐兵衛が小暮祐三郎に食ってかかる。

「小暮様、あなたねえ、女相手に言っていいことと悪いことってものがあるでしょうが」

さすがは日本橋で五指に入る豪商だけあって、旗本の三男坊ごときに気後れをしていない。

武士だ侍だと威張っていても、たいていは商人に金を借りている。湊屋ほどの大店であれば、幕府の重臣とも付き合いがあるはず。小暮祐三郎といえども下手なことは言えぬし、ましてや無礼討ちにできる相手ではない。

「く……」

小暮祐三郎は言い返せない。

「この湊屋相手に、そんな口を利いたことを忘れないで下さいな」

佐兵衛は言う。

そんな湊屋の主人に向かって、牙を剝いたのは、小暮祐三郎ではなく、娘の薄雲だった。

「いいことと悪いことの区別がついてないのは、お父様の方よッ」

きんきんと金切り声を上げた。

今の今まで娘に口答えなどされたことがなかったのだろう。湊屋佐兵衛が口をぱくぱくさせながら驚いた顔を見せた。

ここでようやく、若い番頭の文吾が慌てて口を挟んだ。

「今日のところは、お疲れでございましょう。早く湊屋の方へ帰りましょう、旦那様にお嬢様」

すっかり興奮している佐兵衛も薄雲も文吾の言葉なんぞ聞いてやしない。

「お、おまえ、親に向かって何て口の利き方だい」

湊屋でも鴫屋でも父親が娘に言うことは同じらしい。

安左衛門にこう言われてお琴は黙ったが、薄雲は負けていない。

「親、親って、おかしな名前をつけただけじゃないの」

泣きながら言い返す。——やはり、〝うすぐも〟なんて遊女のような名は気に入らなかったようだ。

——変な名前だものねえ。

女の名のよしあしなんぞ分からないくせに、オサキがしたり顔で偉そうなことを言っている。

「薄雲のどこがいけないって言うんだい」

佐兵衛の声が尖る。

「そんなおかしな名前のおかみさんなんて、どこにもいやしないわ」

言われなくとも、その通りである。吉原の花魁《おいらん》だって、源氏名の他に、ちゃんと堅気の名前を持っている。身請けをされて所帯を持てば、堅気の名の女房となる。

「薄雲なんて名前の女を、おかみさんにしてくれる男の人なんていやしないわ」

これには佐兵衛も言葉に詰まった。無責任なことに、結婚した後のことを考えていなかったらしい。

が、思わぬところから助けの声が飛んで来た。

「そんなことありやせん」

声の主は文吾であった。驚いたことに石部金吉《いしべきんきち》の番頭が顔を真っ赤にしている。

「へ?」

佐兵衛が不思議な生き物でも見つけたような顔になった。そして、まじまじと文吾の顔を見ながら、こんなことを聞いた。

「何が、そんなことないんだね」

「薄雲お嬢様です」

文吾はむきになっているが、佐兵衛は怪訝な顔をしている。

それでも商売のこと以外で、この番頭が、ここまで熱くなるのは珍しい。佐兵衛は文吾を正面から見ると、はっきりとした口調で聞いた。

「薄雲の何がどうしたって言うんだい」

「いえ、あの、その……」

急に文吾はしどろもどろになる。

――何だか、周吉みたいだねえ。ケケケッ。

オサキが余計なことを言っている。野暮な周吉にだって、魔物が何を言わんとしているのかくらいは分かった。

しかし、周吉やオサキでなくとも、ここまであからさまな文吾の様子を見れば、この真面目な番頭が薄雲のことをどう思っているかくらいは分かる。

「文吾、おまえ……」

と言ったきり、薄雲も黙り込む。みるみるうちに、薄雲の頬が赤く染まった。

くすぐったいような沈黙を破ったのは、いつの間にやら、すっかり落ち着き払っている佐兵衛だった。

「女比べなんぞやっている場合じゃないみたいだね」

とつぶやくと、佐兵衛は、こほんと咳き払いして、若い番頭の名を呼んだ。

「これ、文吾」

「へえ……」

「お店へ帰って、じっくり話を聞かせてもらいますよ」

そう言いながらも、佐兵衛の目は笑っていた。

二

女比べという大一番のため、女たちは家財道具を売り払い、場合によっては借金までして着飾っている。

薄雲ほど派手ではないが、どの女も瓦版や錦絵の花魁の真似をして、ゴテゴテと飾り立てていた。

ひとりやふたりであれば、目の保養になるのだろうが、十人も二十人も派手な衣装に濃い白粉化粧の女を見せられては食傷してしまう。

「派手な着物《もの》を着りゃあ、いいってもんじゃねえよ」

佐平次は文句を言っている。

――おいら、目がくたびれちまったねえ。

飽きてきたのかオサキが大欠伸をした。

女たちには悪いが、周吉も同じ気分だった。似たり寄ったりの厚化粧の女たちが多すぎる。

「もう帰るか」

小暮祐三郎も供回りにそんなことを言っている。嫌味や皮肉ではなく、本当に飽きしているようであった。

周吉にしてみれば、このまま帰ってくれれば、お琴のお見合いもうやむやとなり、問題はなくなる。

しかし、顔役の佐平次としては、このまま小暮祐三郎を帰しては、本所深川の名が廃る――。そう思っているようであった。

それなりに目立った薄雲は日本橋の女であり、地元の女たちには、いいところがひとつもない。

「困ったもんだな」

大川堤の空気が、すっかり弛緩《しかん》してしまっている。小暮祐三郎が帰ったら、見物客も一緒に帰ってしまいかねない。

そのとき、ひとりの娘の登場が緩み切った空気を一変させた。

「おい……」

と、見物客が息を飲む。

姿隠しの幕から現れたのは、小娘のりんである。

化粧っ気のない顔に、素朴な白無垢《むく》のような小袖を着ている。

白粉など塗らなくとも、りんの肌は抜けるように白く、簪など挿さなくとも、黒髪は艶やかだった。

「こんな娘がいるのか……」

小暮祐三郎が、りんに見とれている。

考えてみれば、これも当然のことで、女遊びばかりしている小暮祐三郎は花魁を見慣れている。だから、薄雲らが、どんなに着飾ろうと心を動かされず、欠伸を嚙み殺していたのだ。どんなに真似ても吉原の遊女に比べれば野暮に見える。

その点、りんの飾らぬ美しさは小暮祐三郎にとって、見たことのない種類のものであった。

人前に出慣れていないりんは、どこか遠慮したように、おずおずと桜の花びらの舞う大川堤を歩いて行く。

小暮祐三郎だけでなく、見物客すべてが、りんの可憐さに目を奪われている。初めて純白の花嫁衣装を身につけた娘のように見えるのだ。

しかし、初々しさと危なっかしさは紙一重。

ぺしゃんこの粗末な草履しか履いたことのないりんに、高下駄は荷が重すぎたのだろう。

——何だか、危ないねえ。ケケケッ。

オサキの腹黒そうな笑い声が合図であったかのように、りんの足が突然もつれ、よろりとよろめいたかと思うと、大川堤の地べたへと、どすんと転がってしまった。

慣れない窮屈な小袖を着ていたせいか、手を突くこともできなかった。

いくら晴れていても、川の近くで、しかも桜の並ぶ堤。地べた😊だって砂よりは土でできている。

そこに純白の着物のまま転んでしまったのだから、たまったものではない。

りんは俯《うつぶ》せの転んだ姿勢のまま、ぴくりとも動かない。

「大丈夫かよ」

——死んじまったのかねえ。

見物客や魔物にまで心配されている。

一瞬、しんと静まり返った後で、ようやく、りんが顔を上げた。

転んだ場所が悪かったのか、湿った土が泥のように、りんの白く可憐な顔、殊に、鼻の頭と額に、べったりとくっついている。

——面白い顔になったねえ、ケケケッ。

大笑いをしたのは、オサキだけではなかった。

見物客たちも滑稽《こっけい》な芝居でも見たかのように、げらげらと笑い出し、小暮祐三郎に至っては、腹を抱えて笑っている。

渋い顔をしているのは、おかねひとりであった。

りんは慌てて立ち上がった。——当然のように、純白の小袖も泥まみれになっている。

(どうしていいのか分からない)

といった風情で、泣きそうな顔をしている。

顔の泥を払おうともせず、深刻顔のりんの姿は、いっそう笑いを誘った。まるで、鼻の頭に手習いの墨をつけた子供のようである。

笑っている見物客たちに悪気はない。

しかし、笑われたりんは、いたたまれない心持ちになったのだろう。ぼろぼろと涙を零しはじめた。

泣く子と地頭には勝てぬ——。こうなってしまうと、笑っていた見物客たちも、どうしていいのか分からない。

本来であれば、りんを助けてやるのは仲人の役目だが、当のおかねは舌打ちするばかりで、その場から動こうとしない。

——かわいそうだねえ。

真っ先に笑ったくせに、オサキがそんなことを言い出した。

「ちッ、仕方ねえな」

佐平次は舌打ちすると、周吉に「ちょいと行って来やす」と言い、りんのところへ向かおうとした。

そのとき、

「おりんちゃんッ」

と、若い男が駆け込んで来た。——りんの許嫁の伊之助だ。

「伊之助さん……」

りんは、伊之助の姿を見て、一瞬、縋《すが》りつくような顔を見せたが、すぐに顔を伏せてしまった。

りんのそばに駆け寄ってみたものの、伊之助は不器用な男らしく、手を差し伸べることもできず、うろうろとしている。

そんな伊之助を見ようともせず、りんが囁くような小声で言う。

「どうして、ここに来たの」

「どうしてって……」

伊之助も気の利いた台詞ひとつ言えぬ若者らしい。

「もう、伊之助さんのお嫁さんになれないのよ、わたし」

べそをかきながら、りんは言った。

思いもよらぬ展開に、大川堤が静まり返り、桜の花びらだけが、ひらりひらりと舞っている。

その沈黙を破ったのは、小暮祐三郎の冷ややかな声だった。

「つまらぬ茶番を見せるでない」

その目は、泥だらけになったりんを蔑《さげす》んでいる。

可憐な生娘に興味はあっても、泥だらけの醜態を晒し、しかも男のいる女なんぞに興味はない——。そういうことなのだろう。

「目ざわりだ、さっさと失せろ」

小暮祐三郎は顎でしゃくる。

その言葉が胸に突き刺さったのか、りんが地べたに顔を埋《うず》めると、わっと泣き出してしまった。

家臣にりんを知っているものがいたらしく、耳打ちした。すると、小暮祐三郎はいっそう意地悪く、にたりと笑うと、りんに言い放った。

「貧乏人の娘がでしゃばるでない。おまえなど、白粉ではなく泥がお似合いだ」

供回りの追従笑いが大川堤に響き、つられたように何人かの見物客が笑った。

「うるさい、黙れッ」

伊之助が顔を真っ赤にして、りんを庇《かば》うように怒鳴り声を上げた。

再び、大川堤が、しんと静まり返った。

この声に、いちばん驚いたのは、りんであった。

「伊之助さん……」

泣くのも忘れて、伊之助を見ている。おとなしい伊之助が人前で大声を上げるとは、思ってもみなかったのだろう。

しかも、伊之助が怒鳴りつけた相手は、三男坊とはいえ武士――それも旗本なのだ。

町人風情に怒鳴りつけられ、小暮祐三郎の供回りたちの顔色が変わった。中には、刀を抜きかけているものまでいる。

このままでは、「斬捨て御免」とばかりに、伊之助は成敗されてしまいかねない。勢いから怒鳴ってみたはいいが、そこは伊之助も非力な町人。刀に手をかけている武士を見て、がたがたと震え出した。それでも、りんを庇うように立ったまま、逃げ出そうとしない。

ぴりりとした静寂の中、ひとりの男が進み出た。——見れば、お琴の見合い相手の中村郁之進である。

武士のことなんぞ、ろくに知らぬ伊之助は、小暮祐三郎の仲間が現れたとでも思ったのだろう。ただでさえ白い顔を青くしている。

郁之進は穏やかな笑みを浮かべたまま、伊之助の前へ歩み出ると、思いもよらぬことをした。

「すまぬ。笑ってしまった」

と、頭を下げたのだ。

侍に頭を下げられて戸惑わぬ町人はいない。

伊之助は再び、おろおろとする。

「そんな……、お侍様が頭なんぞ下げないで下せえ」

「では、笑ってしまったそれがしを勘弁してくれるというのか」

「勘弁も何も……」

斬られそうになったり頭を下げられたりと忙しい伊之助は、すっかり訳が分からなくなっている。

「そんな、お侍さんに……」

ぼそぼそとしゃべる伊之助の言葉に、郁之進は、にっこりと笑ってみせた。

「許していただけると申すか？　かたじけない」

と言うと、地べたで、きょとんとしているりんを立ち上がらせ、小娘にまで頭を下げた。

小暮祐三郎たちは毒気を抜かれている。

せっかくの花見を台なしにしないために、郁之進は笑ってもいないくせに芝居を打ち、頭を下げてみせたのだ。これで伊之助が怒鳴った相手は、郁之進ということになる寸法であった。

見物客の歓声が飛ぶ。

「粋なお侍さんだねえ」

「あたしゃあ、惚れたよ」

ここで小暮祐三郎が刀を抜けば、本所深川どころか江戸中で、「花見を台なしにした野暮な男」と言われかねない。

佐平次も感嘆の声を上げた。

「へえ、たいした男だな。二本差しなんぞにしておくのは、もったいねえや」

それを見て、おかねがりんと伊之助の方へ、ひょこひょこと歩いて来た。りんと伊之助が身構える。

おかねは舞台に立った役者のような仕草で、りんに指を突き立てた。

「大枚をはたいたというのに、何もかもぶち壊しにしおって」

おかねの言葉に、りんが縮み上がる。

金を受け取ったのは、りんではなく、りんの父であったが、大金であることは間違いない。返せと言われても返せる金額ではなかった。すでに、その金は父の薬代に消えている。

おかねが金に汚い守銭奴なのは、周知の事実。「女郎奉公でもして銭を返せ」とりんを責め立てると誰も彼もが思っていた。――ところが、

「さっさと行っちまいなよ」

そんなことを言い出した。

「え？」

りんが戸惑いの声を上げた。

「銭はいいから、行っちまいな」

おかねは借金を棒引きにすると言っているらしい。

「でも、あたし……」

「あたしもたわしもありゃしないよ」

にこりともせず、おかねは言った。それから、ぐいとりんに顔を近づけ芝居がかった口振りで言葉を続ける。

「りん、おまえ、この伊之助とかいう若い男に惚れてるんだろう？」

今さらのおかねの言葉であったが、初心《うぶ》なりんは赤くなる。

伊之助は伊之助で、「いや、あっしは……」とはっきりしない。こちらの顔も赤い。

――ふたりとも鬼灯《ほおずき》みたいに真っ赤っかだねえ。

おかねは大川堤中に聞こえる大声で言った。

「その男と、どっかへ行っちまいなよ」

「でも、お金が……」

りんの声は消え入りそうだ。

「十両や二十両のはした金なんぞ、いらないよ。さっさと行っちまいなッ」

追い払われるように、りんと伊之助が去って行く。

口は悪いが、このおかねの言葉で、りんの借金は棒引きになったのであった。

見物客たちは、思いがけない守銭奴婆さんの台詞に目を丸くし、わいわいがやがやと好き勝手なことを言いはじめる。

「銭にしか興味のねえ婆さんだと思ったら、いいところあるじゃねえか」

「おう、十両や二十両をくれてやるなんぞ中々できるこったねえや」

「娘の見合いも、おかね婆さんに頼もうかな」

「てめえの娘は、まだ三つじゃねえか」

おかねの株が鰻《うなぎ》登りに上がっている。

——すごい婆さんだねえ。

と、オサキが感心している。

そもそもおかねは、仲人としての名を売るために、女比べに参加したのだ。りんが一等を取れないと分かった以上、自分のよい噂を広めることが得策だと判断したのだろう。

――まあ、口だけで証文は破いてないけどねえ。

オサキは言った。

三

それからも何人かの女たちが大川堤を練り歩いたが、薄雲やりんの騒ぎの後では、ちと分が悪い。

欠伸どころか居眠りをはじめる見物客たちもいる始末。

それでも帰ろうとしなかったのは、ここまでいたのだから、本所深川小町のお琴を、せめて一目見ようという魂胆であるらしい。

「お琴とやらは、まだ出て来ないのか」

小暮祐三郎は焦《じ》れている。

その言葉が聞こえたかのように、端の隠し幕がめくり上がり、とたんに、

ふわり――――

――と、空気が変わった。

ひとりの人影が歩いて来る。その姿を見て、

「あの女は誰でい」

「見たことねえな」

「あんないい女、いたっけ」

見物客たちがざわめき出した。

烏《からす》の濡れ羽のような漆黒の着物に黒に見えるほど濃い藍色の帯を着こなしている。

「玄人《くろうと》じゃねえのか？」

深川芸者の中には黒の羽織を好んで着るものもいる。

若い物腰の割に白粉が厚く塗られている。玄人筋の女に見られても仕方のないところであった。しかし、

「それにしちゃあ、初心いぜ」

見れば、女は恥ずかしそうに俯いたり、顔を赤らめたりしている。同じ初心な娘でも、りんはどこか開き直ったところがあったが、この女にはそれがない。

わたしなんぞが女比べに出て来ていいのかしら——。そんな風情があった。

「黒なんて着物《ふく》を着てる割に、かわいらしいねえ」

本所深川の男どもは鼻の下をだらんと伸ばす。普段、気の強いおかみさん連中に囲まれているだけあって、初心な女に弱いらしい。

しかし、世間には、どこにでも文句をつけないと気の済まぬ小言幸兵衛《こごとこうべえ》みたいな男はいるもので、

「まあ、いい女に違《ちげ》えねえが、ちょいと地味じゃねえか。黒い着物なんて葬式《とむらい》でもあるめえし」

そんなことを言っている。

着ている本人だって、そう思わなかったわけではない。

(早く終わってくれれば何でもいいよ)

黒い着物の女――周吉は冷や汗をかいていた。実のところ、周吉は、お周《しゅう》という名で女比べに出ていた。

佐平次が用意してくれた派手な着物を何者かに切り裂かれ、もののけ部屋に並べられていた商売物の黒い着物を身につけている。

――あんまり綺麗じゃないねえ。

オサキの言うように仕立ては上等であったが、ずいぶん沈んで見える。

しかし、悩んでいる暇はなかった。

最初は、周吉だって、

（こんな地味な着物で一等を取れるのかねえ）

と心配していたが、いざ大川堤へ来てみると、それどころではない。人前に出るのが恥ずかしくて仕方なかった。

隠し幕から出るのが遅れたのも、急《せ》かす佐平次を尻目に、周吉がぐずぐずと躊躇《ためら》っていたからであった。

――みんなが周吉のことを見ているねえ。

上がりに上がっている周吉のことをオサキはからかう。そのおかげで、まともに顔を上げることができなくなった。

恥ずかしさのあまり、顔に血が昇り真っ赤になっているのが分かった。

周吉の耳に、小暮祐三郎の声が聞こえて来た。

「女は悪くないが、いくら何でも着物が地味すぎるな」

金と身分に飽かした遊び人だけあって、小暮祐三郎は派手好みにできているらしい。

「てめえは女なら何でもいいんだろうが」

さっきまで周吉のいた隠し幕から佐平次の舌打ちが聞こえて来た。

しかし、確かに小暮祐三郎の言うことも一理ある。

人が酒を飲むのは辛い浮世を忘れるため――。いい年をして浮かれるのはみっともないと知りながらも、浮かれてみせるのが酒席の決まりであった。

それなのに、葬式のような黒い小袖を見せられては酒も醒めてしまう。

「去年のおっかあの葬式を思い出しちまったぜ」

「いいおっかさんだったものな」

「まったくだぜ。女手ひとつで、おれのことを育ててくれたってのによ。おれときたら、酒ばっかり食らって迷惑ばかりかけちまってさ」

すっかり花見の席が辛気くさくなってしまった。

笑い上戸が泣き上戸に変わりかけた、そのとき、江姫が桜の天辺に、

ふわり――

――と飛んだ。

すると、何枚もの薄紅色の花びらが周吉を目がけ、

ひらひらひらひら――

――と降って来た。

辛気くさく鼻をすすり上げたりしていた見物客の空気が、がらりと変わった。

ごくりと固唾《かたず》を呑む音が周吉の耳にまで届いた。何だかんだと喧《やかま》しくできている江戸っ子たちがしゃべることもせず、周吉を見ている。

周吉には何が起こっているのか分からない。

――花びらがいっぱい降っているねえ。

と、オサキは言うと、ぴょんと周吉の女衣装から飛び出して、一間二間離れたところに着地した。そして、珍しいものでも見る目つきで周吉のことを見ている。こんな目つきのオサキははじめてだった。

（オサキ、どうかしたのかい）

周吉は聞いた。

――雪が降っているみたいだねえ。

魔物が素っ頓狂なことを言い出した。

いくらお天道様が気まぐれといっても、桜が満開の暖かな春に雪なんぞ降るわけがない。

オサキのことだから、例によって適当な戯言《ざれごと》を口走り、周吉を煙に巻いているに違いない――。そう思った。しかし、

「雪が降ってやがるぜ」

「四月に雪とは、こいつは粋な趣向だな」

「おう、花見酒と雪見酒が、いっぺんに楽しめらあ」

見物客までが、「雪だ、雪だ」と騒ぎ出している。念のため、手を伸ばしてみても桜の花びらが舞っているだけで、雪など一粒も降っていない。

（ん？）

周吉が、きょとんとしていると、見るに見かねたのか、桜の木の天辺から、ふわりと江姫が舞い降りて来て、そっと耳打ちしてくれた。

――暴れ馬を見て思い出したのです。

江姫と出会ったときに、周吉が〝妖狐の眼〟で、暴れ馬をおとなしくさせたときのことを言っているらしい。

（暴れ馬だって？）

まだ訳が分からない。すると、江姫は思いがけない人物の名を出しながら、説明してくれた。

——信長《のぶなが》様の馬比べです。

江姫が言うには、この周吉の黒衣装は、戦国屈指の洒落者として名高い織田《おだ》信長の馬比べの故事にならったものらしい。

天正九年、信長は正親町《おおぎまち》天皇に譲位を促していた。言うことを聞かぬ正親町天皇に業を煮やし、力を誇示するために何度かの馬揃えを行っている。

その馬揃えに先立ち、京の町人たち相手に行ったのが馬比べである。天皇や公家だけでなく、口うるさい京雀《すずめ》にも信長が天下人であることを知らしめようとしたと言われている。

ある馬比べのとき、豪華絢爛、華美な衣装を身につけた武将たちの中にあって、信長ひとりが黒い色の衣装を纏い、徹底したことに、乗っている馬までが黒毛だった。馬比べといっても、実際は武将の衣装比べであり、その中で黒一色の信長は地味で沈んで見えた。

数奇者で派手好みの信長様らしくないと誰もが首をひねっていると、その黒衣装に薄紅色の花びらがひらりひらりと落ちてきた。その薄紅色の桜が舞い降りる雪のように映え、

「桜さえも衣装になさった」

と、京雀たちが言ったとか言わないとか――。

信長公の馬比べの故事など知ろうはずもない本所深川の連中も、

「粋だね」

「おう、花見なんだから花を見させてくれる着物《ふく》がいいや」

と、盛り上がっている。

白無垢衣装のりんも可憐であったが、白に薄紅の花びらでは、せっかくの桜が衣装と同化してしまう。その点、周吉の黒衣装は桜を見事に引き立てていた。

「たいした女だ」

小暮祐三郎は独り言のようにつぶやくと、供回りへ命じた。

「お周とやらを屋敷へ連れて参れ」

いつまで経ってもやって来ないお琴を待つ気はないようだ。

小暮祐三郎の手から桜模様の扇子がひらりと舞い、周吉の手のひらにすとんと落ちた。

こうして、大川堤の女比べの一等は周吉ということになった。

## 四

扇子を受け取ったものの、小暮祐三郎の屋敷へなんぞ行くつもりはなかった。

白粉を落とし、女物の着物を脱げば、〝お周〟は消えてしまうはずだった。

小暮祐三郎にしてみれば、自分に群がる女どもの中から選んでやったという心持ちであり、屋敷に呼べばよろこんでやって来ると思っている。ゆえに、屋敷へ来いと言うだけ言うと供回りの何人かを残し、さっさと帰ってしまった。

もちろん周吉には行く気なんぞない。

――せっかくだから、周吉もお嫁さんになっちまえばいいのにねえ。

オサキが残念そうに言った。

しかし、その半刻後も、白粉を落とさず、女物の着物を身につけたまま、周吉は大川堤を歩き回っていた。

お琴のことをさがしていた。

数刻前から、お琴のお見合い相手の郁之進は大川堤に腰を据えている。それなのに、お琴の姿はないのだ。

――お琴がいないねえ。疱瘡婆に捕まっちまったのかねえ、ケケケッ。

オサキが言っている。

そんな馬鹿な、と言ってやりたかったが、疱瘡婆が見え隠れしているのは事実で、お八重だって見つかっていない。

お琴目あてに居残っている連中も待ちくたびれている。

「鵙屋のお琴が女比べに出るってのは、ガセだったのかい」

「ガセなわけねえだろう。現に、あそこに見合い相手のお侍様がいらっしゃるじゃねえかよ」

視線が郁之進に集まった。

話し声や視線に気づかぬわけでもあるまいに、のんびりと桜を見ながら団子を食い、茶をすすっている。

――花より団子なんて粋だねえ。

オサキが妙な感心をしている。

――おいらも粋になりたいねえ。周吉、おいらにもお団子を買っておくれよ。

（それどころじゃないだろう、オサキ）

お琴のことで頭がいっぱいだった。

――お団子くらい買ってくれたっていいと思うよ、おいら。

(おまえねえ……)

――お団子って粋だねえ。

と、オサキにねだられていると、見おぼえのある男が、慌てた様子で、大川堤に駆け込んで来た。

――安左衛門さんだねえ。

やって来たのは鵙屋の主人である。

思わず、周吉は袂《たもと》で口もとを押さえた。

女比べの一件について、安左衛門には何も言っていない。おそらく、いつもの見廻りでお店を留守にしていると思っているはずである。周吉としては顔を合わせたくない。

安左衛門は女姿の周吉なんぞには目もくれず、郁之進を見つけると大川堤中に響き渡るような大声で言った。

「大変です。お琴が消えてしまったんです」

本所深川小町のお琴が疱瘡婆にさらわれた――。

花見の席で喚き散らしたということもあって、お琴の姿が見えないというだけの話に尾ひれ背びれがついてしまった。

瓦版売りなんぞは、早くもこの一件を刷るつもりか、我先にと大川堤より飛び出して行った。

「大変《てえへん》なことになったな」

と、ざわめきが広がる。

安左衛門にしてみれば、見物客の騒ぎに構っている場合ではない。

目を三角にして、郁之進に、お琴を知らぬかと問いただしている。

郁之進どころか大川堤の連中は、誰ひとりとしてお琴を見かけていない。むしろ、今や遅しと深川小町の登場を待っていた。

「玄宗先生はどこにいらっしゃいますか」

安左衛門が重ねて聞く。

見合いの席なのだから、仲人の玄宗はいなければならない。そのために安左衛門は銭を払っているのだ。

しかし、お琴同様、朝から玄宗の姿も見ていなかった。念のためにと、周囲を見回してみたが、やはり大川堤に玄宗の姿はない。

再び、問いたげな視線が郁之進に集まった。玄宗は仲人というだけではなく、ふたりが幼友達ということは本所深川中に広まっている。

「玄宗先生は風邪で寝込んでいるようだ」

と、郁之進が言った。

「風邪って……」

当然のように安左衛門は納得しない。風邪ごときで見合いに仲人が顔を出さないなどという話は聞いたことがないし、郁之進の口振りは取ってつけたように聞こえた。埒《らち》が明かないと思ったのだろう。佐平次が口を挟んだ。

「ちょいとさがして来ますぜ」

元締めの親分の言葉に追従するように、方々から、「あっしもさがしますぜ」という声が上がった。

女比べのおかげで、人手は腐るほどいる。この連中を手足に佐平次が仕切ってくれるなら、お琴を見つけることも難しくない――。そう思えたが、

「お琴殿をさがす必要はない」

郁之進が止めた。

「さがす必要がねえってどういうことですかい」

佐平次は納得しない。

すると、郁之進は安左衛門とその周囲だけに聞こえる声で言った。

「なあに、さきほど文をもらって、途中で着物を汚してしまい手間取っているということらしい」

「文を……」

「早く申すべきであったが、嫁入り前の娘から文を受け取ったなどと言ってよいものかと思ってな」

確かに夫でもない相手に文を渡したことが知れ渡ったら、お琴の評判は落ちる。分別のある郁之進ならば、大事にならないかぎり黙っていようとするだろう。

「はあ……」

安左衛門は曖昧にうなずく。嫁入り前に、男に文を渡したと評判になることを、娘を持つ父親としては避けたいのだろう。急に小声になった。

周吉は納得できない。

見合いに来る途中で着物を汚すなんぞ、いかにもお琴のやりそうなことだが、その言伝《ことづて》を親でもない郁之進にするとは思えなかった。

――へえ、じゃあ郁之進さんが犯人なのかい？　だったら、おいらが嚙《かじ》ってやろうかねえ。ケケケッ。

団子にありつけぬ恨みを郁之進相手に晴らすつもりなのか、オサキが妙に張り切っている。

正直、郁之進のことは好きになれない。

――恋敵だもんねえ。

そう言われては返す言葉もないが、その周吉の目から見ても郁之進は悪い男ではない。少なくとも女さらいの犯人には見えなかった。

しかし、お琴が来ない件については嘘をついているとしか思えない。

(どうして、そんな嘘をつくのかねえ)

とんと分からない。

とにかく今はお琴を見つけるのが先決だ。考え込んでいる場合ではない――。周吉はオサキを懐に、桜の舞い散る女比べの大川堤から駆け出した。

# 七　用心棒

一

大川堤の近くには藪《やぶ》が多く、昼間でも人目につかない場所がたくさんある。不意に、そんな藪のひとつから皺《しわ》くちゃの手が飛び出して、

おいで、おいで――

――と、周吉のことを招いている。

突然のことに、妖に慣れているはずの周吉でさえ、びくりとした。

――化けものが呼んでいるねえ。

オサキの言葉が聞こえたかのように、藪から、老婆が、

ぬう――――と、顔を出した。

仲人おかねである。

りんを利用して名を売って上機嫌で帰って行ったはずなのに、藪の中なんぞにいたらしい。

しかも、周吉を手招きしている。

――やっぱり、鬼婆みたいだねえ。

人の類には見えない。

「お周、おぬしによい話がある」

おかねはやたらと愛想がいい。

今はおかねの相手をしている場合ではない。周吉は返事もせず、お琴をさがしに夕暮れ時の本所深川へ行こうとした。しかし、

「待てと言っておるのじゃ」

と、おかねは周吉の袖をつかむ。

「何をそんなに急いでおる？」

大川堤へ続く藪にいたのなら、何か見ているのかもしれぬ。

「お琴さんが――」と、周吉は事情を話した。

周吉の話をふんふんと真顔で聞くと、おかねはこんなことを言い出した。

「鵙屋の娘の居場所なら知っておる」

――嘘くさいねえ。

オサキに言われるまでもなく、おかねの言葉は怪しい。周吉のことをどこかへ連れて行きたくて、嘘をついているようにしか聞こえない。

しかし、他にお琴をさがす手がかりがあるわけではない。

いつもならオサキの鼻をあてにするところだが、周吉の白粉にやられたのか、

――何のにおいもしないねえ。

と、オサキは言っている。

それに、オサキの言い草ではないが、おかねの姿は鬼婆のようで、周吉の目には、女をさらうという疱瘡婆に見えて仕方がない。――人間離れした気配がにおってくる。

万一、おかねが疱瘡婆であれば、お琴の身も危うい。

考え込んでいる周吉を尻目に、おかねは、すたすたと歩きはじめている。下手な若者よりも足腰は、しっかりしているらしい。早く後を追わなければ遠くに行ってしまいそうだ。

――面倒くさいねえ。

と、欠伸をしているオサキを遮るように、いつの間に現れたのか江姫が言った。

――行ってみましょう。

その背後で、かさりと物音が聞こえたような気がしたが、確かめている暇はなかった。周吉はおかねを追った。

二

流れものや浪人も多い本所深川には、安家賃の貧乏長屋が軒を連ねている。たいていの貧乏長屋は、わざわざ薄暗く人目につかぬところに置かれていた。

おかねに連れられてやって来たのは、じめりと暗さが忍び込んで来るような寂れた長屋だった。

「この部屋じゃ」

と、おかねは中へ入って行った。

「お周もお入り」

招かれるままに周吉も中に入った。

——おかね婆さんのお家なのかねえ。

それにしては、ずいぶん狭苦しい。

おかねは病人を養っているというが、その気配はどこにもなかった。

見たかぎり鍋や釜どころか布団さえもない。

そのかわり、ところ狭しと書物や帳面が積まれている。

物珍しさから周吉がきょろきょろと部屋の中を見回していると、おかねはにんまりと笑い胸を張った。

「仲人おかねのお店じゃ」

「お店？」

どうやら、おかねは仕事場として、この長屋を借りているらしい。見れば、本所深川中の若い女の似顔絵付きの書付が転がっている。胡散《うさん》くさい婆さんではあったが、お琴の居場所くらい知っていそうに見えないこともない。

帳面の積み上げられている文机に座ると、おかねは商売人の口調になった。

「お周に話がある」

ようやくお琴の話かと周吉は身を乗り出したが、期待をばっさりと裏切り、おかねは明後日の話をはじめた。

「お周、おぬし、銭は欲しくないかえ」

「へえ……」

訳が分からず、思わず、普段の手代の返事になってしまった。

――おいらは欲しいねえ。

勝手にオサキが返事をしている。

戸惑う周吉を見て、何を勘違いしたのか、今度はおかねがぐいと身を乗り出した。

「おぬしの美貌なら、すぐに十両二十両どころか百両だって稼げる」

と、眉唾ものの話を捲《まく》し立てる。

ここに至って、ようやくおかねの正体が分かった。縁談だけでなく、妾奉公の斡旋《あっせん》もしているのだ。

「日本橋の薬種問屋の隠居が、若い女をさがしておってな。なあに、ほんの一年や二年でくたばりそうなじいさんじゃ。――お周、そこで奉公する気はないかね？」

と、周吉を誘う。

おかねときたら興奮しているらしく、さっきから周吉が普通の声でしゃべっているのに、男と気づかない。

どう返事をしたものかと周吉が考え込んでいると、長屋の戸が開き、見知らぬ三十そこそこに見える小男が入って来た。

おかねの息子らしい。ただ、おかねにこき使われているせいか、妙に窶《やつ》れて、げっそりとしている。

「その女が一等なのか」

小男は周吉を見た。

「銭市、こんなところに来るんじゃないよ」

と、おかねは顔をしかめ、なぜか、銭市の目から周吉を隠すように立ちはだかった。

それから、

「話がまとまったら呼ぶから、あっちへ行っておいで」

と銭市を追い払い、何事もなかったかのように妾奉公の話を続ける。

「薬種問屋のご隠居相手が嫌なら他の男相手でもいいんだよ」

猫撫で声で言った。

「お周、おまえさんなら、どこでも引き受けてくれるよ」

——よかったねえ、周吉。

懐でオサキが安心している。

（おまえねえ……）

今日こそは適当な魔物に説教のひとつでもしてやろうかと思ったとき、再び、長屋の戸が開いた。

また銭市が来たのかと目をやると、

「さがしたぜ」

小暮祐三郎たちが立っていた。不良旗本仲間らしき男どもが狭い長屋に三人も並んだ。外にも何人か待たせてあるらしい。

周吉のことを手下に見張らせていたのかもしれない。

「なんだい。妾でもさがしているのかね。何なら、さがしてやろうか」

おかねは動じない。

「妾なら、もう決めてある。そこのお周とやらを渡してもらおうか」

やはり嫁ではなく妾にするつもりらしい。

「無料《ただ》で渡すわけなかろうが」

おかねはおかねで、すっかり周吉を売りもの扱いしている。

「だったら力ずくで奪っていくまでよ」

小暮祐三郎は取り巻き連中に顎をしゃくった。すると、悪党面の取り巻きは周吉をつかもうと手を伸ばした。

「こっちへ来なよ、若がお呼びだ」

不良旗本という佐平次の話は本当らしく、力ずくで周吉のことを思うがままにするつもりのようだ。

このとき、おかねがにやりと不敵に笑った。

その笑みが、あまりに場違いだったのだろう。

一瞬、小暮祐三郎らの動きが止まった。

「気でも狂ったか」

小暮祐三郎は言った。

「無料《ただ》で売りものを取られる商人がいるわけなかろう」

おかねは自信たっぷりである。

周吉の耳には、おかねの台詞は強がりにしか聞こえなかった。

三人の二本差し相手に、おかねのような老婆が太刀打ちできるはずはない。ただ、おかねの正体が疱瘡婆であれば話は違ってくる。侍など何人いたところで相手にもならぬだろう。

――やっぱり化けるのかねえ。

オサキが何やら期待している。おかねはにやりと笑うと、突然、ぱんッぱんッと両手を叩いた。

とたんに長屋の外から、物音が聞こえ、呻《うめ》き声が上がった。

そして沈黙……。

何が起こっているのか分からない静けさの後、がらりと長屋の戸が開いた。それを見て、オサキが笑い出す。

――こんなところに、お江戸の剣術使いがいるよ、周吉。ケケケッ。

入って来たのは、柳生蜘蛛ノ介であった。

三

「何だ、このじいさんは」

小暮祐三郎は怪訝な顔をしている。蜘蛛ノ介のことなど知らぬのだろう。

「あたしの用心棒先生さ」

誇らしげなおかねの台詞に、小暮祐三郎らが、どっと笑う。蜘蛛ノ介のことをおかねの茶飲み友達とでも思っているのだろう。確かに、蜘蛛ノ介は手足が長いだけの貧乏くさいじいさんにしか見えない。

「怪我をしたくなかったら、とっとと帰《けえ》んな」

と、取り巻きのひとりが、蜘蛛ノ介に不用意に近づいた。次の刹那、銀色の光が、

しゅん――――

――と、走った。

ぽとりと取り巻きの腕が長屋の床に落ちた。

「柳生新陰流針桜《はりざくら》」

蜘蛛ノ介はつぶやいた。刀を使うには不自由な狭い部屋の中でも、蜘蛛ノ介の技は冴《さ》えている。

――おっかないねえ。つるかめ、つるかめ。

オサキの言葉に被せるようにして、手下がひぃひぃと悲鳴を上げ、のたうち回る。

「まだ残っているよ」

おかねが催促すると、蜘蛛ノ介は、軽くうなずき、ちゃきんと刀を走らせ、残りの取り巻きの腕も斬り落としてしまった。

狭い部屋中に血のにおいが立ち込め、男たちの悲鳴が響く。

「うるさいね」

おかねは顔をしかめると、蜘蛛ノ介に、

「外へ捨てて下さいまし、先生」

と、言った。

「うむ」

蜘蛛ノ介は気軽にうなずくと、床でのたうち回る男の鳩尾《みぞおち》をつま先で蹴りつけておとなしくさせると、ひょいひょいと猫の仔でも捨てるように長屋の外へ放り投げてしまった。

それを見て、

——ケケケッ。

オサキがよろこんでいる。

一方の小暮祐三郎は、たちどころに、ふたりを斬り捨ててしまった蜘蛛ノ介を目の当たりにして、蒼白となり、木偶《でく》のように立ち竦んでいる。

「あれも斬っちまっておくれよ、先生」

おかねは容赦がない。

「造作もない」

蜘蛛ノ介はうなずくと、かちりと鯉口《こいくち》を切りながら小暮祐三郎を見た。

小暮祐三郎は、「ひぃッ」と悲鳴を上げ、這々《ほうほう》の体で逃げて行く。

「行って参る」

と、蜘蛛ノ介は長屋の外へ逃げ出した小暮祐三郎を追いかける。許してやるつもりはないようだ。

——お江戸の剣術使いはさすがだねえ。

オサキが感心している。

再び、周吉とおかねだけが長屋に取り残された。

仕切り直しとでも言いたいのか、おかねは、こほんと咳をひとつして座り直し、それから、何事もなかったかのように話を戻す。

「お周、金を稼がぬか」

周吉はため息をつくと、おかねに頼みごとをした。

「濡れ手拭いを貸してください」

「造作もない」

どこかで聞いた台詞をおかねは口にすると、どこからともなく濡れ手拭いを持って来た。「ほれ」と、手渡す。

周吉はおかねから手拭いを受け取ると、顔の白粉をぬぐい去り、かぶったままにしていた鬘《かつら》を放り投げた。

「女じゃないんですよ、おかねさん」

と、わざと太い声で言ってやった。

白粉さえ落としてしまえば、無地の黒い着物は男が着ていてもおかしくないものだから、今の周吉の姿は男そのものであったはずだ。

「おやまあ」

おかねが目を丸くしている。よほど驚いたのだろう。今にも息が止まりそうな顔をしている。

ちょいとばかり驚かせすぎたようだ。目の前で死なれては後味が悪い——。

「大丈夫ですか?」

と、おかねの目をのぞき込んでみたところ、死ぬ間際どころか爛々《らんらん》と輝いている。

食いつくような勢いで、こんなことを言い出した。

「眼福、眼福」

訳が分からない。

男であることを知り、がっかりするどころか目を輝かせている。しかも、周吉のことを拝みそうな素振りをしている。

——男だって分からないのかねえ。

オサキが首をかしげているが、そんなわけはない。商人髷《まげ》だって結っている。

おかねは言う。

「おぬしくらい色男なら、いくらでも行き場はあるわい」

男を買う女も珍しくないと言っているのだ。

人は好きずきだが、お琴をさがさなければならず、そんなつもりも暇もなかった。

だから、返事もそこそこに長屋から逃げ出すことにした。

四

その次に周吉が向かったのは、玄宗の屋敷だった。

仲人なのに見合いの席である大川堤の女比べへやって来なかったのは気になるし、

他にさがす場所も思いつかなかった。

よほど儲かっているのか、玄宗は、やたらと広い屋敷に住んでいる。

その門の前までやって来たとき、

——お琴のにおいがするねえ。

オサキが鼻をひくひくさせている。

不意に背後から声をかけられた。

「何か、ご用ですかな」

屋敷の主人の玄宗が立っていた。

散歩にでも行きそうな、のほほんとした様子に見える。風邪を引いて寝込んでいるようにも見えぬが、女さらいには、もっと見えない。しかし、

——やっぱり、お琴のにおいがするねえ。

オサキは言い切っている。

ぐずぐず悩んでいては夜が来てしまう——。単刀直入に聞いてみることにした。

「お琴お嬢さんを見ませんでしたか」

「鵙屋のお嬢さんなら、屋敷で休んでおります。急に具合が悪くなったようですな。なあに、たいした病ではありますまい」

玄宗は医者らしい落ち着いた口調で答えた。

「女比べへ行く途中で、様子がおかしくなったのではないですかな」

言っていることの辻褄《つじつま》は合うが、大川堤での郁之進の言葉と違っている。しかし、他人に言伝を頼むと、間違った内容が伝わることも珍しくない。一概に玄宗を疑うわけにはいかない。

それに、周吉としては、お琴が無事であればいいのだ。しかも、

「そろそろお琴さんも落ち着いたころでしょう。お店に一緒に帰られるとよろしい」

と、言ってくれた。

お琴がさらわれたと思っていた周吉にしてみれば、肩すかしもいいところであった。決まり悪くなり、

「へえ、ご面倒をおかけしました」

と、奉公人の顔で玄宗に礼を言った。

玄宗はにこやかにうなずくと、門の中へ周吉を招き入れた。

大きな蔵があるほど広い庭だったが、ひとけがなく、静まり返っている。

玄宗が妻帯していないことは知っていたが、女中の類も置いていないらしい。——

思いの外、偏屈な男なのかもしれない。

蔵のそばまで歩いたとき、玄宗が急に思いついたように言い出した。

「蔵の中に掛け軸があるのですが、邪魔で仕方がないと思っておりましてな。せっかくですから、手代さん、鴫屋で引き取ってもらえませぬか」

すでに玄宗は蔵の閂《かんぬき》を外して、周吉を待っている。蔵の中へ入れと言わんばかりである。

一刻も早くお琴をさがしたかったが、まさかただの奉公人がそう言えるわけもなく、

「へえ」

と、うなずき、玄宗の言うがままに、やたらと広い蔵の中へ入って行った。

武家相手の商売である献残屋をやっていると、珍しいことではないが、玄宗は蔵の中へ入るつもりがなく、入り口から、

「もう少し奥にあります」

などと言っている。

普通《ただ》の人間であれば、歩くことも覚束《おぼつか》ないほど蔵の中は暗かったが、オサキモチである周吉は少々の暗さなどものともしなかった。

周吉の目に人影が映った。蔵の隅に誰かがいる。全身に緊張が走った。が、

——あんなところに、お琴がいるねえ。

周吉の何倍も夜目の利くオサキが言った。

「まさか……」

と、言いながらも、周吉は駆け寄る。

オサキの言葉は本当だった。

手足を手ぬぐいで縛られたお琴が蔵の隅に転がされていた。

「お嬢さんッ」

「周吉……さん……」

気を失っていたわけではないらしく、お琴が返事をした。

「どうして、こんなところに？」

手足の手ぬぐいを解いていると、がちゃんッと蔵の扉の閉まる音が聞こえた。

慌てて駆け寄り、力を加えてみるが、扉はびくともせず、さらに、

「玄宗先生ッ、開けて下さいッ」

と、叫んでみても、外界から返事は戻って来ない。

——閉じ込められちまったねえ。ケケケッ。

暗闇の中でオサキが笑った。

# 八　お琴の恋

## 一

　時は戻って、大川堤の女比べのはじまる少し前のこと、お琴はこっそりと鴫屋から抜け出した。

　周吉が鴫屋へやって来てから、お琴なりに気をつけてお淑《しと》やかにしていたが、もともとは跳ねっ返りのお転婆娘であった。男の子を泣かせたり、安佐衛門と喧嘩をして家出してみたりと、今のお琴からは想像もできぬことをしている。

　そんなわけだから、しばらく猫を被っていたとはいえ、父や奉公人たちに見つからぬようにお店を抜け出すことなんぞ造作もなかった。

「親の言うことは聞くものだよ」

と、安左衛門が見合いを強行するつもりなら、お琴としては姿を隠すより他にない。世間知らずの小娘と安左衛門は思っているようだが、お琴だっていろいろなことを考えている。中でも、周吉がいつまでたっても自分と一緒になってくれない訳については、毎日のように考えている。

うぬぼれているだけなのかもしれないが、周吉に嫌われているとは思っていない。お琴との縁談を周吉が避ける理由が分からなかった。

「他に好きな女でもいるんじゃないか」

と安左衛門は周吉を疑っていたが、いくらお琴が鈍くとも、何年も鴫屋で一緒に暮らしているのだ。周吉に女ができたのかどうかくらいは分かる。

「周吉の好きな女は、お琴、あんただよ。早く一緒になりたいってのは分かるけど、人には事情があるのさ」

と、万事に鋭い母のしげ女は言っていた。

どんな事情があるのか周吉は話してくれぬが、どうも鴫屋へ来る前に何かあったらしい。

お琴は周吉が鴫屋へやって来たころのことを思い出す——。

山の中で会ったと安左衛門は言っていたが、その言葉通り、周吉は薄汚れていた。

「町へ行く途中なんです」

と、言っていたが、お琴の目には、何年もの間、山で暮らしているように見えた。

「おとっつあん、おっかさんのところへ帰らなくていいのかい」

と、心配そうに聞いたのは、先代の番頭だった。

この先代の番頭は幼いころに、父母と死に別れているということもあるのか、家族のことを気にする。

「もう死んじまったんです」

周吉は暗い目をした。――二親のことは聞かれたくないらしい。

「行くあてがないなら、しばらく鴫屋《ここ》にいるといい」

という安左衛門の一言がきっかけとなり、いつの間にやら、周吉は鴫屋の奉公人となってしまった。

訳あり連中の多い本所深川のことで、この土地へ流れて来るまで何をやっていたのか分からぬものも少なくない。

年若いお琴にだって、周吉が昔のことで悩みを抱えているらしきことが分かったのだから、安左衛門やしげ女が気づかぬはずはない。しかし、

「昔は昔、今は今さ」

と、しげ女は言って、昔のことを聞こうとしない。

「自分で話すまで待っておやりよ」

いつだって、しげ女はそんなふうに言う。

だから、お琴も、たぶん安左衛門も、周吉が昔のことを話してくれるまで、何も聞かぬようにしている。

昔のことを話そうとしないのに、鴫屋へ来たばかりの周吉は、やたらと独り言が多かった。今でも、ときどき自分の懐あたりに向かって何やらつぶやいている。

その独り言にしても、誰かに話しかけているように聞こえるのだ。慣れるまで、ほんの少し気味が悪かった。

「長いこと山の中にいたからじゃないのかい」

と、安左衛門は気にもせず、しげ女に至っては、

「他人が気にすることじゃないよ。下手に聞くと、どこかへ行っちまうよ」

と、分かったようなことを言っていた。

しげ女の言葉が耳に残り、夜が来るたび周吉がどこかへ行ってしまう気がして仕方なかった。いつの間にか、お琴は臆病な娘になっていた。

「周吉さんが、ずっと鴫屋にいますように」

と、夜中の稲荷神社へ願掛けしたこともあった。

そんな周吉も、すっかり鵙屋に馴染み、家族のようになったが、やはり他人は他人――。いまだに周吉は何も言ってくれないし、お琴も聞く勇気がなかった。何も知らぬまま時が流れて行けばいいとすら思った。

（わたしが意気地なしだから悪いんだ）

お琴はそんなことを思う。周吉が一緒になってくれないのは、きっと自分が弱虫だから。

だから、お琴は精いっぱいの勇気を振り絞って、見合いを断ろうと鵙屋から抜け出したのだった。

抜け出すことは容易《たやす》かったが、いくらお琴でも親の決めた約束事をすっぽかして、ただで済むとは思っていない。鵙屋を追い出されることだってあり得る。

それでも、お琴は周吉のことが好きで、他の男と一緒になるつもりはなかった。

「実は――」

と、抱えている悩みを話してくれるときを待つつもりでいた。自分から聞く勇気はないが、待つことならお琴にだってできる。

「好きな男を待って、白髪頭になるのも幸せなのかもしれないね」

しげ女はそんなことを言っていた。

○

お琴がやって来たのは玄宗の屋敷だった。

（お見合いを断らないと——）

本来であれば、直接の見合い相手である中村郁之進へ言わなければならないところだが、いくらお琴でも、そこは小娘——。侍相手に、ものを言えるはずがない。

その点、玄宗であれば、医者として何度か診てもらったことがある。郁之進よりは話しやすい。

玄宗は広い屋敷にひとりで暮らしているはずだった。

賑やかな町人の家と違い、武家や医者の屋敷は静まり返っているものだが、それにしても静かすぎる。

玄宗の屋敷には人の気配というものがなかった。まるで、忘れ去られた墓場のようだ。

中に入って行く決心がつかず、お琴は門の前で、ぐずぐずしていた。臆病風に吹か

れ、

（このまま帰ってしまおうか）

と、何度も思った。

実際に帰りかけたとき、お琴の目に、その女の姿が映った。

「えッ。どうしてここに……？」

と、話しかけようとしたとき、門の陰から玄宗が姿を見せ、お琴の腕をつかむと、
こう言ったのだった。

「見てしまったのですね」

二

——困ったねえ、こいつは困ったねえ。ケケケッ。

蔵に閉じ込められ、逃げ出すことができないというのに、懐のオサキは呑気に笑っている。

——綺麗な着物がたくさんありますね。

暗い蔵の中でも、ものが見えるのか、江姫が、あっちへひらひら、こっちへひらひ

らと飛び回りながら、仕舞い込まれている着物を見ている。仲人をやっているだけ

あって、女ものの衣装や家財道具が並んでいた。

周吉にしても、魔物や幽霊ほどではないが夜目が利く。暗闇そのものは怖くなかったが、

「周吉さん……」

と、自分を頼ってくれるお琴のことを考えると、落ち着いていられない。

周吉はオサキモチであったが、化けものでも奇術師でもない。壁を抜けることもできなければ、蔵の扉を突き破ることだってできやしない。

外から閂をかけられていては、開けることなどできるはずがない。

しかし、周吉の懐には魔物がいる。

（オサキ、外へ出て鍵を開けておくれよ）

米粒より小さくなれるオサキなら、扉の隙間から出られないこともない。

——面倒くさいねえ。

と、言いながらも、オサキは米粒ほどの大きさになり、ちょこまかと蔵の外へ出て行った。

問題はオサキに閂を外すことができるかであったが、待つ間もなく、蔵の扉が、

ぎぃ――

――と、音を立てて開いた。

蔵の中に光が流れ込む。
暗闇に慣れてしまった周吉の目は眩《くら》んだ。
周吉は警戒する。
いくらオサキでも、人のように扉を開けられるわけがない。
玄宗が戻って来たかと身構えていると、見たことのある影がそこにいた。
「どうして、こんなところに？」
周吉は自分の目を疑った。
扉の向こうに立っていたのは、狐の面を被った稲荷寿司屋台の主人であった。

三

「手代さん、すみませんねえ」

狐の面を脱ぐと、狐目の主人は周吉に頭を下げた。なぜか、オサキがその右肩にちょこんと乗っている。

――出られてよかったねえ。ケケケッ。

蔵の扉を開けてくれたのは、狐目の主人であるらしい。何が起こっているのか、見当さえつかない。

さらに、訳の分からぬことは続いた。

いなくなったはずのお八重が、狐目の主人のすぐ後ろで頭を下げているのだ。

「お琴ちゃんに、周吉さん、ごめんなさい」

その隣には、ばつの悪い顔の玄宗と郁之進もいる。

「こいつはいったい……?」

徒党を組んで、女さらいをやっていたのだろうか――。それにしては、邪気というものが感じられない。

「玄宗先生、あんたがいちばん謝らねえといけませんぜ」

狐目の主人は玄宗に言う。言葉こそ丁寧であったが、屋台の主人《おやじ》が医者相手に言う台詞ではない。

しかし、玄宗は怒り出すどころか、恐れ入った風情で、

「すみません、狐塚様《きつねづか》」

と、頭を下げたのだった。

「え……、狐塚様……？」

周吉は目を丸くした。狐塚様と言えば、侘助の遠い上役で〝名奉行〟と噂のある男の名であった。去年の冬に役目に就いたばかりだというのに、いくつもの難事件を裁いている。

噂をすれば影がさす――。

慌てふためいた顔の侘助が駆け込んで来た。そして、狐塚のそばまで行くと、顔をしかめ、文句を言った。

「勘弁して下さいよ、狐塚様。あっしが叱られます」

町人に身をやつして悪を取り締まる――。講談や芝居では、お馴染みの趣向であったが、狐塚ときたら、稲荷寿司売りに化けているらしい。

町人と武家とでは髷《まげ》の形が違っている。例えば、町人は粋に見えるように鬢《びん》を剃って形を整えるが、武家は威厳あるよう鬢を剃らない。髷そのものの高さも町人の方が控え目であったりする。頬被《ほおかむ》りをしてもおかしくない食いもの屋台は髷を隠すのに都合がよかった。

さらに、万一、顔見知りが歩いて来たときには、狐の面を被れば顔を隠すことができる。

しかも、屋台の主人は客の噂話を耳にしやすい。

「ただの道楽ですよ」

侘助は手厳しい。

――乙な道楽だねえ。

オサキは稲荷寿司の味方をする。

狐塚はにやりと笑うと、がらりと口調を変え、玄宗へ言った。

「玄宗、その方《ほう》の心がけは立派であるが、町人に迷惑をかけてはならぬな」

「へえ」

玄宗が恐れ入っている。

江戸で評判の名奉行だけあって、狐塚には何もかも分かっているようだが、周吉には訳が分からない。

きょとんとしている周吉を見て、狐塚は言った。

「嫁ぎ遅れの女をさらっていたのは、玄宗と中村郁之進であろう」

四

武力で天下統一をしたまではいいが、平和な時代になってしまうと、幕府は抱えていた武士たちを解雇しはじめた。

戦国の戦乱は終わりを告げたが、困ったことに人の一生は死ぬまで続く。武士という身分を失った連中は浪人となり、町に溢れた。

玄宗と郁之進も、そんな浪人を親に持つ子供のひとりだった。

風が吹けば揺れ、地震が来ればボロボロと崩れてしまいそうな長屋で、ふたりは生まれ育った。

最初は祿《ろく》を取り戻すことを目標としていた親も、いつの間にか、貧に塗《まみ》れ、日々の糧を得ることだけで手いっぱいとなってしまった。

玄宗と郁之進が九つのとき、そんな長屋に大工の父娘が越して来た。珍しくもないことだが、借金をして神田《かんだ》から夜逃げして来たという。

娘の名は小夏《こなつ》と言い、玄宗や郁之進よりひとつふたつ年下の身体の弱い娘だった。すぐに咳き込むほど病弱であるのに、棒手《ぼて》振りの手伝いをしたり、子守りを見つけてきたりと小夏は、酒飲みの父を養うために、小さな額に大汗を掻《か》きながら小銭を稼いでいた。

年の近い子供のことで、玄宗や郁之進ともすぐに打ち解け、仲よくなった。

がさつな娘ばかりが住む貧乏長屋で育ったふたりには、けなげに働く小夏が眩しく、呆気ないほど簡単に好きになってしまった。

捨てる神あれば拾う神あり――。ふたりが十四のとき、玄宗は医者の弟子となり、郁之進は祿を取り戻した。

妬《ねた》む連中も多い中、小夏だけはふたりの幸運を自分のことのようによろこんでくれた。

「よかったですね」

十二になったばかりの小夏は、大人びた言葉遣いになっていた。

このとき、すでに玄宗も郁之進も小夏を嫁にすると決めていた。

もちろん、玄宗も郁之進も見習いであり、「嫁に来い」などと口に出せる稼ぎはない。

しかも、玄宗も郁之進も、ふたりは互いに小夏を嫁にすると決心していることを知っていた。

「医者の嫁など、小夏には似合わぬ」

「下級役人が嫁をもらっても養えまい」

と、憎まれ口を叩き合いながらも、どちらかが小夏を嫁にすると思い込んでいた。

どちらにせよ、大口を開けて笑える明日が来るものと信じていたのだ。

しかし、そんな日は来なかった。


小夏が女郎宿に売られて行ったのは、小雪の舞う師走《しわす》のことだった。

小夏の父が、もっと酒を飲みたいがために娘を売り払ってしまったのだ。ろくでなしの親父は、

「悪《わり》い商売じゃねえ」

と、悪びれもしなかった。

商売女の多い江戸の町では、女郎は珍しいものではなく、小夏の父のように言う連中も多い。

女郎上がりのおかみさんなど町に溢れている。

しかし、玄宗と郁之進は納得できなかった。

「逃げよう」

ふたりは小夏に言った。医者や武士の身分を棒に振ることになるかもしれぬが、ふたりにとっては小夏の方が大切だった。

小夏が一言、「逃げたい」と口にすれば、すぐにでも本所深川の町を捨てるつもりでいた。

見知らぬ土地で三人で暮らすのも悪くない――。そんなふうにも思っていた。

が、小夏は首を縦に振らなかった。

「一緒に行けないわ」

「どうして？」

玄宗と郁之進の声は悲鳴に近かった。

そんなふたりを宥めるように小夏は言う。

「あたしが逃げちゃったら、おとっつぁんが困るから」

自分を売ろうとしている父のことを心配しているのだ。すでに小夏の父は金を受け取ってしまっているという。

「馬鹿な」

玄宗も郁之進も納得できなかったが、将来を約束した仲でもない。若いふたりには、それ以上のことは言えなかった。

「ふたりとも、うんと偉くなってね」

これが最後に聞いた小夏の言葉だった。

小夏が死んだのは、その名の通り、間もなく夏がやって来る暑い日のことだった。女郎宿でも、気働きのいい小夏は好かれていたようだが、やはり身体の弱い娘に女郎奉公はこたえたらしい。玄宗と郁之進に別れを告げた三年後に死んでしまった。

すでに小夏の父はこの世になく、その死体は無縁墓に捨てられることになった。玄宗と郁之進はそれを引き取った。

大八車に小夏の死体を載せ、ふたりは汗もぬぐわずにお天道様《てんとさま》の下を歩いた。

玄宗も郁之進も墓を造ってやるほどの稼ぎはなかったが、せめて自分たちの近くに小夏を葬ってやりたかった。

「小夏のような娘を増やしてはならぬな」

大八車を押しながら郁之進が言った。

その言葉が頭に残り、玄宗は仲人医者をはじめることとなる。そして、その傍ら、ろくでもない親のせいで嫁ぐことのできぬ娘を親から引き離し、行き先をさがしてやっているのであった。

小夏の霊を慰めるつもりでやっているのか、好きな女ひとり救えなかった自分への言い訳のつもりでやっているのか——。

今となっては、玄宗自身にも分からなかった。

五

玄宗の長い話が終わった後、お八重が軽く頬を染めながら言った。

「わたしもお嫁に行くの」

いったん、どこぞの武家の養女となり、それから東北の武家に嫁入りするというのだ。

お八重の父は何も知らない。博奕狂いの父がいては、まとまる話もまとまらない。

「言ってくれればいいのに」

と、お琴は口を尖らせている。

「ごめんね、お琴ちゃん」

お八重は謝るが、お琴はむくれてしまった。見れば悔し涙が滲《にじ》んでいる。

狐塚や侘助の目を気にしてか、お八重は、

「あっちでちゃんと話すから」

と、お琴のことを人目のない方へ引っ張って行く。女同士の会話に興味があるのか、江姫も後を追って行ってしまった。

こうして、お琴とお八重が姿を消すと玄宗が再び口を開いた。

「他人に知られては困ると思いましてね」

お琴を蔵に閉じ込めたのは、お八重の姿を見られ、お琴の口から広まることを恐れたためであったらしい。

確かに、お琴は性格のいい娘であるが、そこは苦労知らずのお嬢様。玄宗にしてみれば、お八重が嫁ぐまで蔵の外に出したくなかった。

もちろん、人を閉じ込めておいて、ただで済むわけはないが、そこは郁之進の妻になる女なのだから、後で言い含めればよいと算盤を弾いたのも事実であろう。

それにしても乱暴な話だ。

玄宗と郁之進をお縄にするのかと見ていても、いっこうにその気配がない。

大川で女の死骸《しがい》が上がっているというのに、狐塚はやけに落ち着いている。

周吉の怪訝な顔に気づいたのか、狐塚は玄宗と郁之進に言う。

「ちゃんと話さないから、こちらの手代さんが玄宗先生たちのことを人殺しだと思ってますよ」

「——人なんて殺めたおぼえはございません」

憮然とした顔で、玄宗が口を挟んだ。

「女たちの嫁ぎ先をさがしてやってるのに、殺める必要はないでしょう」

狐塚も玄宗と郁之進の潔白を請け負う。

ましてや、消えてしまった疱瘡地蔵のことを聞いても、玄宗も郁之進も、

「地蔵を盗んでどうするのだ？」

と、不思議顔であった。

すると、事件は解決していないことになる。

——困ったねえ。面倒くさいねえ。

と、文句を並べるオサキに、何か言ってやろうと口を開きかけたとき、お八重が駆け込んで来た。

「厠《かわや》へ行っている隙に、お琴ちゃんが消えちゃったんです」

○

矢のような一筋の疾風となった。

夜の本所深川を、周吉は韋駄天《いだてん》走りで駆け抜けていた。
お琴が消えてしまったと知るや、狐塚や侘助たちも一緒にさがすと言ってくれたが、オサキモチである周吉にしてみれば足手まとい——。早々に別れ、闇に姿を溶かしたのだった。

——あっちから、お琴のにおいがするねえ。

と、嗅覚がもとに戻ったのかオサキが教えてくれる。
そうして辿り着いた先は、江姫の地蔵こと疱瘡地蔵のあった辺りだった。
お琴が赤い小袖を羽織って、どこかへ向かって、ふらふらと歩いている。見れば、赤い小袖から青白い手が出て、お琴の身体に巻きついている。

「お嬢さんッ」

周吉は闇から飛び出すと、お琴の方へ走り寄ろうとしたが、

——待って下さい。

と、どこからともなく現れた江姫に止められた。
いくら江姫の言葉でも待つわけにはいかない。悪霊に憑かれて命を縮めたという話は多い。人の精気を吸い取るものも少なくはない。
周吉は袂から化けもの退治の道具である〝憑きもの落としの式王子《しきおうじ》〟を取り出した。

お琴を救うために、赤い小袖を葬り去るつもりだった。

式王子　是日本・唐土・天竺　三ヶ朝　潮境に　雪津島・寺子島　みゆき弁才王と
て　王こそひとり　育ち上がらせ給ふた　弁才王の妃……

と、法文を唱えかけたとき、江姫の小袖が、ひらりひらりと舞い、周吉の身体にまとわりついて来た。

気が遠くなった……。

何がどうなったのか分からぬまま、いつの間にやら、周吉は江姫の薄紅に花菱模様の小袖を羽織っている。

——周吉、周吉……。

と、自分の名を呼ぶオサキの声がやけに遠い。

意識は残っているものの、霞《かすみ》がかったように頭がぼんやりぼやけ、思うように身体が動かない。

やがて、式王子が力を失い、ぽとりと地面に落ちた。そして、周吉の口から、江姫の声が飛び出した。

「志津……」

# 九　疱瘡婆の正体

## 一

赤い小袖を羽織ったお琴が辿り着いたのは、亀戸村の近くにある寂れた百姓家のひとつだった。人が住んでいないのか、周囲の田畑は荒れ果て、庭の草は背丈ほどまで伸びている。

お琴はその百姓家へ、吸い込まれるように、

すう――

――と、入って行った。

霞がかった意識の中、周吉は、お琴の名を呼ぼうとしたが、声にならない。
(もう少し待って下さい)
江姫の声が頭の中で谺《こだま》した。
かろうじて意識は残っているものの、身体も言葉も何ひとつ自由にならなかった。
――こいつは困ったねえ。ケケケッ。
人でなしの魔物が懐で笑っている。
(オサキ、何とかしておくれよ)
――面倒くさいから、おいら、嫌だねえ。
これではどうしようもない。
結局、江姫の小袖に操られるままに、周吉は百姓家へと入って行った。

何もかもが赤かった――。
百姓家の中は、見事なまでに赤く塗られ、置かれている家具まで赤ばかりだった。
入ったところには誰もいない。
――真っ赤っかだねえ。
オサキがそんなことを言っていると、奥の部屋から、がたんと物音が聞こえて来た。

——人の気配がある。
お琴は奥の部屋にいるのかもしれない。
身体が動いた。そして、
——志津、今、行きますから。
江姫の考えが流れ込んで来る。
襖《ふすま》の向こうに、江姫のお目当てがいるらしい。
周吉は赤い襖を開けた。そこには、

小さな骸骨が——
——横たわっていた。

赤い布団が敷いてあり、その上に、子供くらいの大きさの骸骨が置かれている。その脇には盗まれたはずの疱瘡地蔵があった。
その骸骨を囲むように、開いた襖から流れ込む風を受けて、真っ赤な風車が

からから——

――と、回っている。

その小さな死骸をよく見ると、紅色の何かが塗りたくられていた。――周吉の目には血に見える。

「とうとう見つかっちまったみたいだね」

そんな声が背中から聞こえて来た。

振り返ると、いつの間にやら、おかねが立っていた。

やはり疱瘡婆は、おかねだったのだろうか――。

おかねの隣に、お琴の姿もあった。脱がされたのか、すでに、お琴は赤い小袖を羽織っていない。

お嬢さん――。周吉は呼ぼうとしたが、やはり身体が言うことを聞かず、言葉さえも口にすることができなかった。

オサキは助けてくれぬし、身体は動かない。このままではお琴を助けることもできず、疱瘡婆の餌食《えじき》となってしまう。が、

「何もかも忘れて、とっとと帰んな」

と、おかねは言って、お琴を周吉に渡そうとする。

（え……？）

周吉は戸惑う。

女さらいの疱瘡婆であるはずのおかねが、せっかく捕まえたお琴を逃がそうとしているのだ。――訳が分からない。

「早く行けって言うのが分からないのかいッ」

おかねが苛々《いらいら》と声を荒らげる。何かに怯えているようにも見える。

おかねに言われるまでもなく、今すぐにでも、お琴を連れて鵙屋へ帰りたかった。

しかし、逃げたくとも周吉の身体は動かない。

江姫が自由にしてくれぬのだ。

「そんなに死にたいのかいッ」

おかねの悲鳴が百姓家に響いた。

そして、それが合図であったかのように、さらに奥の部屋の襖が、

がらり――

――と、開いた。

例の赤い小袖が目に飛び込んで来た。誰かに羽織られ、その誰かは周吉の方へ歩いて来る。

——あれが疱瘡婆みたいだねえ。

オサキが言った。

赤い小袖を身に纏い、立っていたのは、おかねの息子の銭市だった。

二

「守銭奴婆のせがれ——」

物心ついたときから、銭市はそう呼ばれていた。

仲人であるおかねのところには、江戸中の女たちが集まって来る。銭市は女たちに囲まれるようにして育っていた。

女に惚れたこともあったが、女は地味な小男の銭市を相手にしてくれなかった。銭市が笑いかけても、冷たい視線ばかりが戻って来る毎日だった。面と向かって「醜男《ぶおとこ》」と罵られたこともあった。成長するにつれ、人目が怖くなり、銭市は部屋から出なくなった。

大人になって、おかねの手配りで、ようやく娶った妻でさえも、銭市のことを相手にしていなかった。妻は、おかねの稼ぎ目当てに銭市と一緒になったと公言して憚《はばか》らなかった。

そんな銭市に笑いかけてくれるのは、娘のおさいだけだった。

幼子の笑みは心を蕩《とろ》かすもので、おさいに釣られるようにして、妻も笑ってくれるようになった。銭市の暮らしは、急に明るくなった。

やがて、妻は疱瘡を患い、死んだ。少しだけ悲しいような気がしたが、銭市は妻のことをすぐに忘れてしまった。今では顔もおぼえていない。

七つになったばかりの娘のおさいは、相変わらずかわいらしく、

「おとっつぁん、おとっつぁん」

と、まとわりついて邪魔になるくらい、銭市のことを慕ってくれた。

おかねは仲人仕事に忙しく、滅多に家に帰らぬこともあって、銭市とおさいは身を寄せ合うようにして暮らしていた。

おかねの仕事を手伝うこともせず、銭市は、おさいと遊んでばかりいた。

そんな暖かな日々を銭市から奪って行ったのは、またしても疱瘡だった。妻と同じ病に娘までかかったのだ。

「ちゃんとした医者に診せないとね」

と、おかねは言うと、金を稼ぐため、これまで以上に駆け回り、家に帰ってくることはなくなった。

銭市の妻が患い、医者にかかっていたこともあって家には銭がなかった。

貧乏人ばかりの本所深川には、疱瘡を治療できるような腕のいい医者はいない。遠くから医者に来てもらうことになるのだが、駕籠《かご》代も払わなければならず、一度診てもらうだけで、十両二十両と請求されることもある。

一粒何両もする南蛮渡来の妙薬とやらを、惜しげもなく患者に与える医者もおり、町人の懐で賄い切れるものではない。

普通の町人であれば、金のかかる医者になんぞ診せもせず、疱瘡除けの護符をぺたりと貼ってお茶を濁すのだが、なまじ稼ぎがあっただけに、おかねは腕のいい医者を頼った。

金で買えぬものはないと思い込んでいるおかねは、おさいの命も金で購《あがな》おうとした。家に戻って来ることなく、医者へ払うための金を稼ごうとしたのだ。

しかし、どんな腕のいい医者も役に立たなかった。

日ごとに、おさいの病は重くなり、家中が熱くさくなった。

このまま医者を頼っていても、おさいの病は治らない——。銭市の目には、そう見えた。

どうしたら、おさいの疱瘡が治るのか銭市には分からなかった。

他人《ひと》に聞こうにも、ときおり、おかねの手伝いをする他に働いたことのない銭市には知り合いがいない。

酒や女、博奕遊びにも縁遠く、そもそも誰かに声をかけることが苦手だ。考えてみれば、おかねの連れて来る女たちに蔑まれた以外、他人と話したおぼえがない。

他人と話すより、部屋の片隅に座って、畳の目でも数えている方がずっと気が楽だった。少なくとも、畳の目は銭市を馬鹿にしない。

だが、このままではおさいを救うことはできない。

銭市は部屋を出た。

火事の多い江戸の町には、建物を造ってはならぬ火除地《ひよけち》があって、大道芸や見世物、屋台の集まる盛り場となっていた。

銭市がやって来たのは、永代橋《えいたい》の前にある火除地だった。

盛り場に集った人々は明るく、連れと笑い合っている。銭市のように疱瘡に怯えているものなどひとりもいないように見えた。

疱瘡除けを知っているに違いない――。銭市は確信した。

話しかけることに躊躇いはあった。

醜い銭市のことを連中は笑うに違いない。三十をすぎて仕事もない銭市のことを馬鹿にするに違いない。――そんなことは分かっていた。

しかし、ここで話しかけなければ、おさいは疱瘡で死んでしまう。

銭市は唇を嚙むと、火除地の町人たちに声をかけた。

が、

「すいやせん……」

ようやく喉から絞り出した声は小さく、騒々しい火除地では誰の耳にも届かなかった。

誰も銭市のことを笑ったりしなかった。それどころか見ようともしないのだ。

精いっぱい膨らませた肝っ玉は、ぺしゃんと潰れてしまった。

これ以上、見知らぬ他人に声をかける根性はなく、銭市は騒がしく賑やかな火除地の真ん中で寂れた田に忘れられた案山子《かかし》のように棒立ちになっていた。帰る気力さえ湧いて来ない。

どのくらい立ち尽くしていただろう——。気づいたときには、日が落ちかけていた。火除地が夕焼けで真っ赤に染まり、人通りもまばらになっていた。なんの成果も得られないまま、銭市が帰ろうとしたとき、

「何か、おさがしですか」

と、狡《ずる》そうな笑みを浮かべた物売りらしき小男が声をかけて来た。薄汚れた茣蓙《ござ》の上に、どこかで拾って来たような粗末な物を並べている。銭市の目には、ごみにしか見えない。

見るからに、胡散くさそうな男だ。

人と話すことが苦手なものの常で、銭市も話しかけられると上手く逃げられない。聞きたくもないのに、ずるずると話を聞いてしまう。

小男は銭市に言う。

「うちの店を見てくんな。何だってありますぜ」

破れた護符だの割れかけた仏像だの、ろくなものがない。空手《からて》で帰るよりはましと銭市は言ってみた。

「疱瘡除けはないのか」

「旦那は運がいいねえ」

「疱瘡ってのは厄介な病気《もの》で、医者なんぞにかかっても銭の無駄でさあ」

銭市の妻も日本橋で評判の医者に診てもらっていたが、よくなることなく死んでしまった。――医者など役に立たない。

銭市がうなずくと、小男は目を細め、赤い小袖を取り出した。それは、しけた小男に似合わない美しく鮮やかな小袖だった。

「こいつを知ってますか」

と、小男は銭市の顔を覗き込む。

「いや」

「疱瘡除けの小袖でござい」

小男は芝居がかった口調で言った。

本所深川で疱瘡除けと言えば、町外れにある疱瘡地蔵が有名であったが、この小袖はその地蔵の前に落ちていたという。

聞けば、ひどい話だった。

疱瘡が流行り、小男の店でも疱瘡除けの品が飛ぶように売れる。

小男は疱瘡地蔵の近くに落ちている石ころでも売ろうと、足を延ばした。すると、地蔵に思わせぶりな護符が貼ってあった。こいつは売れそうだとばかりに小男は剝がしにかかり、その護符に触れたとたん、煙のようなものが見えたが、小男は目の錯覚と気にもしなかった。

ぺりぺりと護符を剝がしていると、地蔵の前に、さっきまでなかったはずの赤い小袖が置かれていることに気づいた。

不審に思ったものの、これを見逃す手はない。紙片なんぞより小袖の方が高く売れるのは、馬鹿でも分かること。

風で飛んで来たのだろうと自分を納得させ、小男は小袖を抱え走り去った。護符のことなんぞすっかり忘れてしまった。

気がつくと、銭市は赤い小袖を買っていた。この小袖さえあれば、おさいの疱瘡は治る――。そう思ったのだ。

しかし、手遅れだった。

家に帰ると、おさいは死んでいた。娘の亡骸《なきがら》を見て、赤い小袖が、銭市の手から落ちた。

やがて夜になり、そして朝がやって来た。銭市は一睡もしなかった。

この世で、ただひとり自分に微笑みかけてくれたおさいが死んでしまったのだ。この先、銭市に微笑みかけてくれるものが現れるとは思えなかった。

目の前には、おさいの死体と、もはや無用の長物となってしまった赤い小袖が置かれている。

この赤い小袖を娘に着せてやりたい——。そんな思いに囚《とら》われる。

死骸に小袖を着せてみたところで、悲しくなるだけであることくらい分かっていたが、気づいたときには銭市は赤い小袖を拾い上げていた。

（ずいぶん立派な小袖だな）

仲人おかねの息子だけあって、銭市も着物の価値が分かる。この赤い小袖は、少なくとも町人風情の着るものではない。

魅入られるように、銭市はその着物に袖を通してみた。一瞬、
くらり——

——と目眩《めまい》に襲われた。

立ちくらみだろうか。

目の前が真っ暗になった。頭が霞がかったように重い。そういえば、娘が疱瘡になって以来、ろくにものを食っていない気がする。

このまま倒れてしまう――。そう感じたとき、何の前触れもなく光が戻って来た。

しかし、頭は重いままで、まるで誰かが銭市の頭の中に入り込んでいるようだ。

「こんなことをしている場合じゃない」

と、つぶやくと、銭市はおさいの死骸を抱き上げ、寺へ運ぼうとした。いつまでも、こんなところに寝かせておくわけにはいかない。手を伸ばしかけたとたん、

――死んでおりません。

と、女の声が聞こえた。

銭市は、きょろきょろとあたりを見回したが、やはり誰もいない。

ほんの少しだけ、おさいが口を利いたように思いもしたが、聞こえたのは大人の女の声である。そもそも、死人がしゃべるはずがない。

「空耳だ」

自分に言い聞かせる。

が、女の声はやまない。

――おさいさんは、まだ死んでおりません。

頭の中から聞こえてくる。

銭市は言い返した。

「息もしなければ、動きもしない。死人にしか見えぬ」

――死人に見えるだけです。おさいさんに呼びかけてごらんなさい。

ささくれ立った銭市の声に対し、女の声は甘くやさしかった。誘われるように、銭市は布団に横たわる娘に声をかけた。

「おさい、本当に生きているのかい」

縋るような声になっていることが、自分でも分かった。

死んでしまったなんて信じたくなかった――。霞がかった銭市の脳裏に、おさいの笑顔が浮かんだ。

「おさいが死んでたまるか」

気づかぬうちに銭市の口から言葉が落ちる。

――ええ、死んでおりません。

甘美な女の言葉が頭を駆け巡る。

「おさい、生きているんだろう」

そう言いながら、銭市は娘の頰に触れてみた。――が、冷たい。しかも、ぴくりとも動こうとしない。

「生きてやしないじゃないか」

知らず知らずのうちに、姿さえ見せぬ女を責めるような口振りになっていた。

――それは疱瘡のせいです。

女の声は言った。

「疱瘡……」

――疱瘡さえ治れば、また、元気になります。

と、女の声は断言した。

三

再び、銭市は娘の疱瘡を治すため手を尽くしはじめた。

女は疱瘡に詳しく、色々な疱瘡治療の方法を教えてくれた。

――赤に弱いのです。

そのくらいのことは知っていた。現に、おさいの部屋には疱瘡除けの赤い護符だって貼ってある。

いた。

「効きやしなかったぜ」

銭市は文句を言ってやった。いつの間にか、姿さえ見せぬ女に甘えるようになっていた。

女の声は銭市を励ましてくれる。

――もう少し赤を増やしましょう。

言われてみれば、小さな紙ぺらが赤く塗られているだけだ。こんなもので疱瘡を追い払えるわけがない。

「何もかも赤くしよう」

銭市は壁を塗り替えたり染め薬やらを使い、部屋中を赤くしていった。

一刻も早く疱瘡を追い払わなければ、本当におさいは死んでしまう。

――疱瘡は怖い病気でございますから。

女の声も言っていた。

だから、銭市は部屋を赤くする仕事に没頭した。

しかし、おさいの疱瘡は、中々、治らなかった。

壁も床も天井も、そして、夜具さえも赤くしたというのに、おさいは布団から出て来ない。

このころになると、銭市のことを信用してくれたのか、女は姿を見せてくれるようになっていた。

女は〝志津〟と名乗った。

どこまで信じていいのか分からぬが、三代将軍家光のころに疱瘡地蔵に封じ込められ、目をさましたばかりだと言っている。

志津も疱瘡を患ったことがあるのか顔に痘痕の跡が残っていたが、銭市の目には、美しく聡明な女に見えた。

――早く疱瘡を追い払わないと、おさいさんの顔に痘痕が残ってしまいます。

志津は、おさいの器量のことまで心配してくれた。

疱瘡で器量を損ない、嫁に行けなくなった女も多い。おさいが嫁ぎ遅れになっては大変だ――。銭市は焦った。

が、どうすれば疱瘡を追い払えるか分からない。

至るところを赤くしたというのに、いつまで経っても、おさいの病はよくならず、疱瘡のせいなのか顔が崩れはじめていた。ときどき、蝿がおさいの瞼《まぶた》の上を歩いている。

そんなある日、志津が瓦版を持って来た。

怪しげな話ばかりを書き立てては、噂を撒き散らしている本所深川ではお馴染みの下らぬ瓦版だ。これまで手に取ったことさえない。

――疱瘡のことが書いてあります。

志津の言葉を聞いて、銭市は瓦版に目を落とした。

《疱瘡婆退治》

そんな勇ましい文字が躍っていた。まさに、銭市が欲している内容だった。

よろこびながら瓦版を読み進めたが、すぐにがっくりと肩を落とした。

疱瘡除けの護符だの赤い着物が疱瘡に効くだのと、すでに知っていることばかりが並んでいるだけだ。どれもこれも効きやしなかった。

瓦版なんぞ眉唾ものだ――。と、口を開きかけたとき、その記事が目に飛び込んで来た。

《生き血》

疱瘡が赤を恐れるのは、人の血を思い起こさせるからで、いちばん効くのは人の生き血そのものだ。赤が血の代わりならば、血そのものの方が効果がある。――そんなことが書き連ねてある。

「本当なのか……」

銭市には分からない。考えることさえ億劫《おっくう》だった。

どうせ銭市が考えたところで、分からぬものは分からない。だから、志津が何か言ってくれるのを待った。

銭市の視線を受け、志津はにっこりと笑った。それから、言った。

――効くように思えます。

四

女をさらうのは容易いことだった。

女の少ない江戸の町であったが、本所深川の外れには疱瘡地蔵があり、嫁入り前の娘たちが集まって来る。

銭市は何人かの女をさらった。

年齢《とし》にこだわったつもりはなかったが、たったひとりで疱瘡地蔵に参りに来るのは、親もとから離れた二十すぎの女が多く、結果的に嫁ぎ遅ればかりをさらうことになっていた。

疱瘡婆が出没し、嫁ぎ遅れの女をさらうという噂が流れ、参拝する女はいくらか減ったものの、人というやつは自分にだけは不幸が訪れぬものとでも思っているのか、思うほどに疱瘡地蔵にお参りする女は減らなかった。

血を抜くのだから女は死んでしまう――。人殺しは重罪だ。見つかってはまずいことくらい銭市にも分かっていた。おさいが元気になっても、父である自分が仕置きされては意味がない。

――日が暮れてから、さらいましょう。

志津は言った。

本所深川の外れには、店どころか家も数えるほどしかなく、日が沈んでしまうと闇が訪れる。

裕福な家の娘であれば、そんな時刻に出歩いたりしないが、仕事を持っている女はそうもいかない。暮れ六つの鐘を聞いてから、疱瘡地蔵へお参りにやって来るので、どうしても暗くなってしまう。

その女たちを狙おうと言うのだ。

赤い小袖を着た銭市を見て、疱瘡婆と勘違いし、気を失ってしまう女もいた。

銭市は用意してあった大八車に女を載せ、家まで運び、喉を掻き切った。――血を抜いた後の死骸は大川に捨てればいい。海が近いせいか、一体を除いて死体は上がって来なかった。

こうして何人もの女をさらい殺した。

殺すことには、すぐ慣れたが、いまだにおさいは目を開けようとしなかった。それでも、

——もう少しで治ります。

志津の言葉を信じ、銭市は女さらいを続けた。

○

その日、本所深川の外れに行ってみると、疱瘡地蔵が消えていた。

——まさか……。

珍しく志津が驚いている。

疱瘡地蔵がなければ、お参りに来る女などいるまい。女をさらい続けることができなくなる。

頭を抱えながら、銭市は家に帰って来た。

すると、おさいの部屋に見慣れた地蔵が置かれていた。すぐに疱瘡地蔵を盗んだ犯人が誰だか分かった。――母のおかねだ。

「馬鹿なことをするんじゃないよ」

おかねは言った。

知られぬように女さらいを続けていたつもりだったが、やはり母の目まで誤魔化すことはできなかったらしい。疱瘡地蔵がなければ、銭市が女を殺せないことにまで気づいていたのだろう。

銭市が女を殺していることを役人に知られれば、罪は母であるおかねにまで及ぶ。

「とんでもないことをしてくれたね」

何も知らないおかねは銭市を責めた。

しかも、何を勘違いしたのか、おかねは銭市が心の病に冒されていると思ったらしく、医者へ連れて行こうとした。

そんな暇はない――。早く疱瘡を治さなければ、おさいが死んでしまう。銭市は抗《あらが》った。

「おまえは何を考えているんだい」

「何って――」

銭市はおかねに言い返そうと口を開きかけたが、志津が止めた。

——言っても仕方ございません。

（しかし——）

女をさらい血を抜かなくては、おさいの疱瘡は治らない。このままでは、可愛い娘の顔に痘痕が残ってしまう。

疱瘡地蔵に来る女の他にも、美しい女はおります。

相変わらず、志津の声はやさしく、そして聡明だった。

——お母様のお手伝いをなさい。

そして、女をさらえと言うのだ。

間もなく大川堤で女比べがある。そこに美しい女たちが集まって来るはずだった。

——美しい女の血ほど、よく効くはずでございます。

と、志津はやさしく教えてくれた。

おかねは女比べで一番目立っていたお周という女を、仕事場として借りている長屋に連れて来た。

鵙屋のお琴が、本所深川で最も美しい女、と言われていたが、お周の美貌も劣っていなかった。

女物の小袖を着て、お周の前に出るわけにもいかず、渋々ながら銭市は赤い小袖をおさいのところへ置いて出かけた。

早くお周を連れて帰りたかったが、おかねが許してくれず、しかも様子を窺っていると、お周は男が女装しているだけだった。

がっくりと肩を落とし、帰ると、志津は銭市のことを慰めてくれた。

——やっぱり、お琴をさらいましょう。

お琴の血があれば、おさいの疱瘡も治るはず——。

——お琴はこの志津がさらって参りましょう。

と、言ってくれた。

お琴の姿を求め、江戸中をさがし回っているのか、志津は一刻二刻と経っても戻って来ない。

銭市も志津の帰りを、ただ待っていたわけではなかった。

女を切り裂くにはよく切れる包丁が必要で、志津がお琴を連れ帰って来るまでに包丁を研いでおく必要があった。

昔から銭市は不器用だった。

包丁を研ぐにも、他人《ひと》より時間がかかる。

早く研ぎ上げなければ、志津が戻って来てしまう――。銭市は焦り、何度も自分の手を傷つけた。

ようやく包丁を研ぎ上げ、慌てて戻ると、志津が待っていた。

――お琴をさらって参りました。

おさいの部屋に、お琴がいるらしい。

銭市は赤い小袖を羽織り、研ぎ上げたばかりの包丁を片手に、おさいの部屋へ続く襖を開けた。

五

銭市の身体から、赤い小袖が、
ひらり――
――と、離れた。

とたんに、銭市の身体がその場に崩れ落ちた。

どこかへ飛び去ろうとする赤い小袖に向かって、周吉の口から江姫の声が飛び出した。

「志津、お待ちなさい」

ぴたりと赤い小袖の動きが止まった。

――江姫様、どうして……？

そんな声が聞こえて来る。

「あなたに会いたかったわ」

江姫は言った。それから、黙り込んでしまった志津に江姫は聞く。

「いつまで、現世《こっち》にいるつもり？」

――……。

志津は答えない。

「榊原が志津のことを待っていますよ。早く行っておあげなさい」

――待ってるわけがございません。

志津の声は冷たかった。

元侍女に江姫はやさしく言う。

「榊原は志津のことが忘れられず、死ぬまで妻《めと》を娶らなかったのよ」

——嘘……。

志津の声が周吉の耳にも届いた。疱瘡地蔵に封じられていたためか、志津は何も知らぬらしい。

動揺しているのか、赤い小袖が細かく震えている。

「志津、わたしと一緒に参りましょう」

江姫の小袖も、ひらりと周吉の身体から離れ、赤い小袖へゆっくり近づこうとした。

しかし、

——嘘ッ、嘘に決まってるッ。

志津は悲鳴を上げるように叫ぶと、苦し紛れにか、気を失っているお琴目がけて襲いかかろうとした。

——美しい女など殺してやるッ。

「お嬢さんッ」

と、周吉は呼んだが、お琴はぴくりとも動かない。

周吉は袂に手を入れると、憑きもの落としの式王子と呼ばれる紙人形を取り出した。

かつて、山の中で太夫《たゆう》からもらい受けたこの紙人形は、この世にいてはならないものを祓い落とす。小袖に憑いている志津の霊も落とせるはずだ。

紙人形を目の当たりにして、赤い小袖が蛇に睨まれた蛙のように凍りつく。

オサキでさえも怯える憑きもの落としの式王子なのだ。たかが小袖の手ごときの敵う相手ではない。

お琴を救わなければならない——。手加減するつもりはなかった。紙人形を放ると、周吉は法文を唱えた。

式王子　是日本・唐土・天竺　三ヶ朝　潮境に　雪津島・寺子島　みゆき弁才王と　て　王こそひとり　育ち上がらせ給ふた　弁才王の妃……

紙人形は周吉の声を吸い込み、ゆっくりと天井近くまで舞い上がり、ぎらりと輝く刀をどこからともなく抜いた。

憑きもの落としの式王子が赤い小袖に襲いかかる。

赤い小袖に式王子の刀が一寸二寸まで迫ったとき、薄紅に花菱模様の江姫の小袖が間に割って入った。

「危ないッ」

周吉は悲鳴を上げるが、法文を十分に吸い込んだ式王子は止まらない。

このままでは、式王子は江姫を斬り刻み塵《ちり》にしてしまう。

式王子が江姫の小袖にぶつかる寸前、

――江姫様……。

と、志津の声が聞こえたかと思うや、ふたつの小袖が、
くるり――――と、入れ替わった。

式王子の刀は、容赦なく赤い小袖を斬り刻む。小袖と刀では最初から勝負にもならない。

千に二千に斬り刻まれ、赤い小袖は塵となった。

さらさらと音を立てて長屋の床に崩れて行く。

そして、やがて一握りの赤い砂と化した。

後には、江姫の小袖だけが舞っていた。

# 終　顚末

薄紅色の花びらが散り、葉桜の季節がやって来ると、あれほど江戸を騒がせた疱瘡がぴたりと止《や》んだ。

疱瘡にかかる女もいなくなり、それまで寝ついていた病人たちも床上げした。本所深川には、疱瘡の「ほ」の字も残っていない。

「ふたつになった疱瘡地蔵様のおかげさ」

そんなことを言う町人も多かった。

消えていた疱瘡地蔵が元に戻り、しかも、誰が造ったのか知らぬが、その隣に小さな赤い地蔵が置かれていた。

そして、日が落ちると、二枚の小袖が仲よさげに、ひらりひらりと舞っているところを見たという町人もいたが、いい加減な本所深川の連中の言うことだけあって、どこまで本当のことかは分からない。

小袖のうちの一枚は江姫であろうが、もう一枚は憑きもの落としの式王子に斬り刻まれたはずの志津なのだろうか――。自分で紙人形を使役しておきながら、斬り刻まれた後にどうなるのか周吉自身も知らなかった。

袂の紙人形にせよ、懐のオサキとテンコクの関係にせよ、人である周吉の知らないことは多かった。

――おいらも知らないねえ、ケケケケッ。

相変わらず、オサキは笑うばかりで何も教えてくれない。

ちなみに、疱瘡婆の正体であった銭市は、あのまま二度と目をさまさなかったらしい。痩せこけた頬に不似合いな笑みを浮かべ死んでいた。

銭市が女をさらって殺していたことを知らない佗助は、なおも下手人をさがそうとしたが、

「お止《よ》しなさいな。下手に突いて、また疱瘡婆が出て来たら迷惑でしょうが」

と、狐塚が言ったらしい。

おかねは仲人で稼いだ金をつぎ込み、銭市とおさいの墓を庭に造り、朝に夕に手を合わせて、ひっそりと暮らしていたというが、日が経つにつれ、少しずつ元気が戻っ

てきたらしく、周吉を捕まえては、

「眼福、眼福」

と、つきまとうのだった。


一方、安左衛門は、郁之進との縁談が壊れた後も、お琴を結婚させようと飛び回っていたが、肝心の仲人の玄宗が相手にしてくれない。

「仲人なんていらないでしょう」

しかも、その玄宗の言葉を耳にした本所深川の仲人たちが、お琴と周吉の間に約束ができていると勝手に決めつけてしまった。

これも無理のない話で、つい先日、日本橋の大店の娘が見合いを重ねた挙げ句、結局、自分の店の番頭を婿にしたばかりだった。それだけに、周吉が鵙屋に婿入りするという噂には信憑性《しんぴょう》があった。

そんなわけだから、安左衛門が仲人たちにお琴の縁談を頼もうとしても、このごろでは、

「からかうのはやめて下さいな」

と、本気にしてくれなくなってしまったという。

安左衛門はふさぎ込み、しげ女を相手に愚痴を零した。

「嫁ぎ遅れどころか見合いさえできやしない」

すると、しげ女は、今にも泣き出しそうな安左衛門を慰めるような口振りで、こんなことを言ったのだった。

「やっぱり、周吉をお琴の婿にするしかないみたいだねえ」

本書は書き下ろしです。
この物語はフィクションです。もし同一の名称があった場合も、
実在する人物、団体等とは一切関係ありません。

宝島社
文庫

ものの け本所深川事件帖　オサキ婚活する
（もののけほんじょふかがわじけんちょう・おさきこんかつする）

2011年8月19日　第1刷発行

著　者　高橋由太
発行人　蓮見清一
発行所　株式会社 宝島社
〒102-8388　東京都千代田区一番町25番地
電話：営業 03(3234)4621／編集 03(3239)0646
http://tkj.jp
振替：00170-1-170829（株）宝島社
印刷・製本　中央精版印刷株式会社


ISBN 978-4-7966-8479-8